AZUMI　　VIANCA　　AKI

スクールミッション
世界はいつでも君のもの！

高橋大樹 著

HIROKI TAKAHASHI

SCHOOL MISSION

WORLDS IS YOURS AT ANY TIME

大日本図書

Contents

MISSION 0

ミッション0
安《あ》曇《ずみ》の生活指導開始！

もうすぐ授業が終わる時間なのに、窓から見える自転車置き場のトタン屋根には、強い日差しが反射している。

今年の夏はとにかく暑くて、夏休み前には熱中症で倒れるやつらが何人も出た。

でもそのおかげで、クラスに三つも扇風機が置かれるようになった。

今、おれの目の前で勢いよく回っているのはその一つだ。

一学期の席替えで不幸にも一番前になってからしてきた我慢が、ちょっとは報われた。


ドアが開いて、担任の船戸川が入ってきた。

廊下側から入る光が反射するほどの見事なはげ頭。

一人が大げさに「うわ、まぶしい」と言うと、周りにいる数人が笑った。

まぁ、いつものパターンだ。

「こら、お前ら早く座れ！」

船戸川もいつものように声を張り上げるけど、形だけだ。

「まったく。おい、片山。どこからだ？」

「……68ページです」


こういうなんでもない教室が、世界にはいったい、いくつあるんだろう。

都会でも田舎でもない街。小さくも大きくもない公立高校。偏差値は平均よりもちょっと高いけど、胸を張って進学校とは言えない。

真面目なやつもいれば、ちょっと悪いやつもいる。

授業をボーッと聞きながら、おれはそんなことを考えていた。


教室の窓側にいる神谷英玲奈《かみやえれな》に目がいった。

ブスばっかりじゃない。英玲奈のようにかわいい女子も中にはいる。

ぼんやりと外を見てる彼女の横顔。

何を見てるんだろう。


授業が終わって、いつものように船戸川が出ていく時だった。

「おい、片山晃《かたやまあきら》」

船戸川がおれの方を振り向いて言った。

「は、はい」

ドキッとした。

「それと、神谷英玲奈！」

え？

英玲奈を見ると、突然呼ばれた彼女も、目を大きくして驚いている。

船戸川はなぜだかニヤッと笑って続けた。

「5時に、第5理科実験室に行くように」

第5理科実験室？　そんな教室あったっけ？

おれは英玲奈と顔を見合わせた。

こんな風にちゃんと顔を合わせたのは、入学以来、初めてかもしれない。


4時50分。

おれと英玲奈は別館校舎にいた。

この別館は、数年前にちょっとした実験事故が起きてからまったく使われてない。

そのせいか、少しだけ涼しく感じる。

おれたちはしばらく無言で歩いた。

「それにしても、なんだろうね。いきなり理科室に行けなんて」

英玲奈がしゃべりかけてくる。

「うん。全然わかんないよね」

なぜだかちょっと緊張して答える。

「もし怒られるとしても、私と片山くんが一緒にっていうの、あんまり考えられなくない？」

「そうだね」

「全然関係ないもんね」

「関係ないって……」

まあ、そうだけど、ちょっと、ショック……。

「最近、片山くん、なんか悪いことした？」

おれは首を横に振った。

自分で言うのもなんだけど、おれはいたって平凡だ。悪いことなんて、小学校の時にスーパーでシール付きお菓子を万引きしたことぐらいしか思い出せない。

「そっちは？」

「え、私？　私が悪いことなんてするわけないじゃない」

笑いながらそう言う英玲奈の長い髪が風に揺れた。

廊下の壁にかかった時計を見ると、あと少しで5時だった。

窓の外、校庭のグラウンドでは、まだ陸上部の連中が走っていた。

おれたちは教室の前に来た。

ドアには「第5理科実験室」と書かれてる。

白い曇りガラスの向こうは、真っ暗な闇だ。

人の気配はまったく感じられない。

どうしよう……。

英玲奈もチラッとこっちを見ただけで、ドアを開けようとしない。

しばらく突っ立ってると、後ろから声をかけられた。

「片山くん」

振り向くと、おれの真後ろに小柄なやつが立っていた。

長く伸ばした前髪の間から、ネズミみたいな目が覗《のぞ》いてる。

「だ、誰《だれ》?」

そう英玲奈が聞いてきた。

おれはそいつを知ってた。2年の時、同じクラスだった。

「哲夫?」

おれが言うと、そいつは小さく頷《うなず》いた。

「3組の篠田哲夫《しのだてつお》だよ。知らない？」

おれは英玲奈に言った。

「3組？　隣のクラスじゃない」

「そうだよ、見たことない？」

「見たことないかも……」

確かに、目立つようで目立たないからな。

「で、何やってるんだ、こんなところで」

おれがそう聞くと、

「呼び出されたんだ。船戸川先生に」

と、哲夫が言った。

「え、おまえも？」

「片山くんも？」

「そうだよ。神谷も」

「へぇ」

哲夫は英玲奈をチラッと見ただけで、恥ずかしそうに下を向いてしまった。

「これで全員かな」

おれがそう言うと、哲夫が「ううん」と言って、廊下の先を指差した。

おれと英玲奈はそっちを見た。

ロッカーの向こうで人影が動いた、と思ったら、だんだんこっちに近づいてくる。

「あれっ？　山田くん？」

英玲奈が声をかけた。

おれも知っていた。

１組の山田《やまだ》健介《けんすけ》。でかい体。ブレザーの上からでも硬そうな筋肉がわかる。

ちょっとムカつくことに、女子の間では人気があるらしい。

英玲奈が言った。

「もしかして、山田くんも船戸川に呼ばれたの？」

「あぁ」

ぶすっとした表情で山田が答える。

「これで、全員みたいね」

英玲奈の言う通り、どうやら船戸川に呼ばれたのはこの四人のようだ。

「そうみたいだね」

ドアに手をかけると、鉄の部分が少しひんやりする。

おれは、そのドアを思い切って引いた。

暗い廊下に、ドアの開く音が響く。

真っ暗な教室。

山田が中へ入って、パチッと電気をつけると――

「なんだこれ!?」

とても理科室とは思えない光景だった。

薄く光が灯《とも》るシャンデリア。

その下には猫足の大きな木製テーブル。

それを取り囲む五つの赤いソファ。

テーブルの真ん中には真鍮《しんちゅう》のキャンドルホルダーが立っている。

「何あれ！　すごくない？」

英玲奈が声を上げた。

壁際の置き時計の横に、等身大のリアルな人形が飾られている。

すごいマネキン……。どういう趣味だ？　というか、なんなんだ、この部屋は？

全員が驚いて突っ立ってると、奥の方で物音がした。

「な、なんだ!?」

幽霊かと思い、おもわず声を上げる。

英玲奈が肩にすがりついてくる。

でもおれたちの前に現れたのは、幽霊じゃなくて、変な恰好《かっこう》をしたおっさんだった。


真夏なのに、ベルベッドの帽子、しかも紫色。真っ黒で細身のスリーピース。足下にはよく磨いた黒い革靴。

そうとう、ぶっ飛んでる……。

「だ、誰《だれ》よ、あれ……」

「知るかよ」

山田が答える。

そいつは、あくびをしながらおれたちの方へやってくると、赤いソファに座り込んだ。

そして、言った。

「やぁ。よく来たね」

よく来たねって、おれたちはただ船戸川に行けと言われただけだ。

「まぁ、座れよ」

おれたちはお互いの顔を見ながら、ソファに座った。あ、すごく座り心地がいい。

「あのぉ……」

「ん？」

「わ、私たち、なんか悪いことしました？」

「悪いこと？　なんで」

「なんでって。呼び出されてるわけだし……」

そいつは笑った。

「いや、別に悪いことなんてしてないだろ、君らは」

この学校にも、悪ぶってるやつらは結構いる。そういうやつらに比べたら、おれたちはたぶん、悪いってことはないはず……。

そいつは続けた。

「これはね、特別な〝生活指導〟なんだ」

「生活指導って……なんで!?」

そいつはまた笑った。

「俺《おれ》は普通の生活指導者じゃないぞ。俺のは問題を起こすやつじゃなくて、むしろ君たちみたいな、普通の生徒を対象にしている」

普通なのに、生活指導？

「どういうことですか？」

　哲夫が聞く。

「三か月前、進路相談があっただろ。あの時、俺《おれ》は生徒全員の様子をビデオカメラで撮らせたんだ。その映像を見て、君ら四人を選んだ。で、船戸川先生に呼び出してもらうように頼んだ」

　確かに、数か月前に進路相談があった。

　でも、おれはヘンなことは言わなかったと思う。なんの問題もないはず。

「はっきり言って、君らの心は〝ズレ〟てる」

「ズレてる？」

「そう。普通の人にはわからないと思うけど、確実にズレてる。俺にはわかるんだよ」

「ズレてるって、どういうことですか？」

　英玲奈が聞くと、男は返した。

「そのうちわかるさ。とにかく今、君たちの心は、ズレた背骨みたいにうまくかみ合ってないんだ。それをコツっと直せばいいのさ」

　何言ってんだ、こいつ。おれが心の中で突っ込みを入れてると、そいつは紙を差し出してきた。

「ここにメールアドレスを書き込んでおくように。俺から連絡があったら、必ずここに来るんだ」

　突然ガタンッと音がした。

「やってらんねぇ」

　山田だった。

　大股《おおまた》でドアの方へ歩いていく。

　でもその時、鋭い声が飛んだ。

「卒業させないよ」

　山田が振り向く。

「あ？」

「これは遊びじゃない。れっきとした生活指導なんだ。俺の言う通りにしないと、卒業させないよ」

「はぁ!?」

「そんな……」

　あっけにとられていたら、小声で英玲奈が言った。

「てゆーか、あの、名前は……？」

「安曇《あずみ》。安曇さんと呼びなさい」

　そう言って、安曇という男は奥に戻っていった。

しばらくすると、すごいいびきが聞こえてきた。
どうやらおれたちは、とんでもないことに巻き込まれてしまったみたいだ。

MISSION 1

ミッション1「脱出」

－片《かた》山《やま》晃《あきら》の場合－

学校からの帰り道、おれはあの日起こったことを考えていた。

第5理科実験室に行ったあの日。

アンティークな家具が並んだ理科室。英玲奈の髪の香り。安曇というヘンな男。生活指導……。

それにしても〝心のズレ〟ってなんだ？　聞いたこともない言葉だ。


考えながら歩いていても、いつもの風景が目に入る。

大きなファミリーレストラン。小さい子がアイスを食べているのが窓から見える。

ファミレスの向かいには神社。境内の周りには緑が茂ってて、この時期は大量の蚊やカナブン、ヒカゲチョウがいっぱいだ。

そのまましばらく歩いていくと、巨大なマンションにたどり着く。

街の中の最も大きな集合住宅。

おれの家は、この集合住宅のど真ん中にある。


マンションの入り口に来たとき、後ろから声をかけられた。

「おう、晃くん。元気か？」

振り返ると、岩城さんと松茂さん、二人が立っていた。

「はい。おかげさまで」

なんか、サラリーマンみたいな答え方だ。

岩城さんが言った。

「お父さん、もう帰ってると思うぞ」

「そうですか」

「ところで、ちゃんと勉強してる？」

松茂さんが言う。

「ええ、まぁ」

おれは苦笑いしながら答える。本当にサラリーマンみたいだ。

「ウソつくなー。あんまり勉強してないってお父さんが言ってたぞ。ははは」

大きな口を開けて、岩城さんが笑った。

「まぁでも、今日はジャイアンツ戦だから、また家に来いよ、な」

「はい」

両手に缶ビールのケースをぶらさげて歩いてく二人の背中に、夕日があたる。

おれはその背中を見ながら、二人に追いつかないよう、ゆっくり歩いた。

その夜、おれんちは家族全員で岩城さんの家に行った。

松茂さんはもう何時間も前から酒を飲んでるみたいで、顔が真っ赤だ。

テーブルには、すごい数の料理が並んでる。カレー、牛のたたき、唐揚げに天ぷら。

だけど、部屋にはタバコの匂《にお》いが充満してて、おいしそうな香りがだいなしだ。

「ほれ！　ちゃんと打てよー」

岩城さんが言うと、松茂さんがその打者のモノまねをする。

おれはそれを見て、サムいと思いながらも一応笑う。

隣でおれの親父も笑ってる。

テレビの中のつまらないコントを見てるみたいだ。

決められたセリフを言って、誰《だれ》かが笑う。ただ、それだけ。

野球に興味のないおれは、いつもテレビを見てるふりをして、その横に飾られている中京セメントの会社パンフレットを眺めてる。

表紙に写っているのが偶然にもこの三人。親父と岩城さんと松茂さんだ。

スーツ姿にヘルメットを被った三人がガッツポーズをしている写真。

三人ともぎこちない笑顔だ。

おれの住んでるマンションは、中京セメントという大手企業の社宅だ。

ここには中京セメントの社員とその家族が１００世帯くらい住んでて、学校ではうらやましいとか言われたりする。

隣で親父が突然、「最多勝よ、再び」と、よくわからないことを言った。

岩城さんと松茂さんの二人は、親父のその言葉を無視した。

一瞬、妙な雰囲気が漂う。

おれの親父は、まったく空気ってものが読めない。

無視された親父はただ笑ってる。

そうやって笑ってる時の親父の顔を、おれは見ることができない。

まるで誰かに操られて笑ってるみたいで、人形のように見える。

そう思えて、すごく嫌だった。

岩城さんの家からの帰り、といっても、エレベーターで数階降りるだけだ。

エレベーターの中で親父が、「今日は負けたけど、明日は勝つだろ」と、なんの根拠もなく言った。

母親が「そうね」と愛想笑いをする。

こんな芝居みたいなことが、もう何年も繰り返されてる。

おれは妹の優樹菜の方を見た。妹は妹で、携帯をいじり続けてるだけだった。

部屋に入った時、ちょうどメールがきた。

開いてみると、英玲奈からだった。

ドキッとしながら読んでみる。

『ねぇ、こないだのこと、なんだったのかな？』

なんだ、第5理科実験室でのことか……。

おれはなんて返そうかちょっと悩んでから、『なんだかよくわからないけど、卒業させないってのが本当だったら、まずいよね』とだけ返した。

返信はなかった。

5分おきに、しばらくメールをチェックしたけど、何も返ってこなかった。

諦《あきら》めて、机のライトをつける。

でも、勉強するわけじゃない。

教科書とマンガ雑誌の奥にしまった、小さな球体を手に取る。

地球儀だ。

古い羊の皮で貼り合わされた、すごくきれいな地球儀。日本列島が緑色の線で、アメリカ大陸が赤い線で、ヨーロッパ大陸が青い線で縁どられてる。

小さいころ母親の実家の屋根裏部屋で見つけて、おれは、どうしても欲しいとせがんだ。普段めったにわがままなんか言わないから、両親が驚いたのを覚えてる。

ベッドに寝転がって、いつものように、地球儀を触る。

ゆっくりと、アフリカ大陸をなぞって、それから勢いよく回転させた。

それをじっと見ながら、人差し指一本で、地球儀を止める。

指の先にあったのは、ピンク色の線で縁どられたインドだった。

「今日は、インドか」

おれは携帯を手に取って、googleの検索欄に「インド」、「ニュース」と打ち込んだ。

写真特集【チベット緊迫】、【世界の暴動】、【チベット仏教】……。

スクロールしていくと、【抗議の焼身自殺100人に】という見出しが現れた。

そこにはこうあった。

【チベット亡命政府は13日、中国政府への抗議としての焼身自殺者が100名以上になったことを明らかにした。亡命政府当局者は責任は中国にあると非難。抗議の焼身は2009年2月に初めて行われ、13日にはネパールの首都カトマンズで100人目が確認されている】

おれは目を閉じた。

ネパールってどこだろう。

チベットの亡命政府って言葉もよくわからない。

「自由を」そう言いながら焼身自殺を図る……。

おれは、怒りに身を任せたお坊さんが自分に火を放つシーンを想像した。

そんなことを考えてると、時間はあっという間に過ぎていく。

時計を見ると、もう1時近い。

「そろそろ寝なきゃな……」

地球儀を元の場所に戻して、ベッドに入ろうとしたその時だった。

窓の外で何かが動いたような気がした。

窓の向こうをよーく見ると、電気工事のような格好《かっこう》をした男が電柱に登ってる。

しかも何故か手に双眼鏡を持って、おれの部屋を覗《のぞ》いてる。

「――なんだあれ?」

こんな時間に電気工事をしてるわけがない。

目をこすってもう一度よく見ると、その人影は消えていて、いつもの電柱があるだけだった。

気のせいかな? いや、あれは……。

混乱しつつ、おれは改めてベッドに入った。

その時、携帯にメールが届いた音がした。

英玲奈からだと思ったおれは、ベッドから飛び起きてメールをチェックした。

でも表示されていたのは、見たこともないメールアドレスだった。

「誰《だれ》からだ?」

『明日、来なさい』

ＣＣのアドレスは英玲奈、山田、哲夫。

そのメールは間違いなく、安曇からのものだった。


翌日、第5理科実験室に集まったおれたちは、赤いソファに座り、黙ってお互いの顔を見ていた。

壁際にはあのマネキンが立っている。

金髪に白い胸元。腰にはコルセット。なにより目立つのは、ガラスみたいに真っ青で透き通った瞳だ。

「あーあ、今日、友達と遊ぶ予定だったのに」

英玲奈が口を開いた。

「オレだってバイトだった」

山田も不満そうに言う。

山田がちゃんと時間通り来たことには驚いた。

こいつ、あんがい真面目なのかもしれない。

哲夫は黙ったままだ。

こいつだけは、あいかわらずよくわからない。


しばらくすると奥の方から音が聞こえて、安曇がのそのそと歩いてきた。

あくびをしてるところを見ると、また寝てたらしい。

「やぁ。暑いなぁ、今日も」

そう言いながら、一つだけ空いてたソファに座り込む。

「暑いなら脱げば……？」

英玲奈が言うと、

「そういうわけにはいかないよ」

そう言った。

ほんとに変なやつ……。そう思ったけど、おれは丁寧に聞いた。

「で、今から何するんですか？」

「何って、生活指導だよ」

「だから、具体的に何を？」

「それがさ、俺もよくわかってないんだよな」

安曇は笑いながらそう言った。

「ふざけてんのか。なんだよそれ！」

山田がすごんだ。

「ふざけてるわけじゃない。本当に知らないんだ。すべては秘書次第なんだよね」

秘書？

おれたちは辺りを見回した。

どこに秘書がいるっていうんだ。

「おーい」

安曇が呼びかけた瞬間、視界のはしの方で何かが動いた。

そっちを見ると、壁際に立ってるマネキンの首だけが、おれたちを見ていた。

えっ、マネキンじゃないのか!?

マネキンのすぐ近くにいた哲夫は、驚き過ぎて口をパクパクさせてる。

「う、動いた……？」

マネキンを凝視してると、今度はスラッとした長い足が動き出した。

最初はロボットみたいにカクカクした動きだったけど、だんだん滑らかになってきて、最後は人間っぽい動きになった。

「な、なんだよあれ、生きてたのか⁉」

山田が声を荒げた。

驚くおれたちを無視して、安曇が言った。

「みんな、紹介しよう。彼女はビアンカだ」

「ビアンカ⁉」

「俺《おれ》の秘書だ」

安曇はニヤッと笑った。


目の前でミニスカートをヒラヒラさせてる白人美女を見ているうちに、おれは「あれ？」と思った。

あの感じ、どこかで……。

「ビアンカは昔、イタリアの探偵事務所で働いてたんだ。その前はＣＩＡのスパイだったんだけどさ」

「スパイ……」

本当なのか冗談なのか、よくわからない。

「俺の生活指導には調査がとても重要になってくる。だからヘッドハンティングした」

「調査能力……」

既視感の正体がわかったのは、ビアンカという女の後ろに服が見えた時だった。

作業員風の服。その上に双眼鏡が乗ってる。

「あ、あれ……」

おれがつぶやくと、

「あ、最初は君かな」

と、安曇が意味ありげに笑った。

「何がですか？」

おれが聞いた瞬間、こっちに向かってビアンカが歩き出した。

ＣＩＡっていうより、モデルみたいだ……。

そしてなにやら分厚いファイルを開くと、「それでは、いきます」と言った。

「片山晃、16歳。身長１７２センチ、体重、64キロ――」

ビアンカは淡々とした口調で言い出した。

え!?　なんでそんなこと……。

驚きながら、おれは昨夜の電柱に登ってた男を思い出した。

「――この人、変装しておれの部屋覗《のぞ》いてた。信じられないけど……」

「まじぃ!?」

「マジかよ!?」

英玲奈と山田があきれたように叫んだ。

哲夫は何も言葉が出ないのか、黙って座ってるだけだった。


安曇の言う、〝生活指導〟のはじまりだった。

いったい何が起きてるんだか、全然わからなかった。

もちろん、おれだけじゃない。他の三人だって。

突然妙なマネキンが動き出したと思ったら、そいつは元ＣＩＡのスパイで、調査結果とかいうのを淡々としゃべりはじめたんだから。

驚くおれたちを無視して、ビアンカはしゃべり続ける。

「片山晃は、彼女歴なし。あまり勉強熱心ではなく、テストの点数がクラスで平均以下になると頑張る傾向あり。父親は中京セメントで経理担当。金に不自由はないが、特に金持ちでもない。運動に関しても、基本的な身体能力は備わっているが、目立ってできることも、できないこともない。小学校の時に一度だけ、学級委員に推薦《すいせん》されたが、辞退。好きな食べ物は煮物。ハンバーグは胃がもたれるから本当は嫌いだが、家で出てくると嬉《うれ》しそうな顔をする――」

なんだよそれ。それじゃまるでとりえなしって言ってるようなもんだ。

事実だとしても、ショックだぞ。

「要約すると、片山晃は、勉強も運動も中の中、なんのとりえもなし、女性から好かれも嫌われもしない、中程度の男ということ」

体中から脂汗が出てくるのがわかった。こ、こいつ……、言い過ぎ。

「ちょっと、なんなんですか、これ!!」

おれが叫んでも、安曇は平然とした顔で答える。

「ビアンカはプロだからね。数週間もあれば大抵のことは調べられるんだ」

そしてビアンカの方を向いて、「続けてくれる?」と言った。


調査結果は延々と続いた。

身長、体重からはじまり、家庭事情、友達遍歴、成績……。

驚いたことに、岩城さんや松茂さんとの関係まで。

安曇の言う通り、ビアンカは徹底した身辺調査を行っていた。

怒りなんてもんじゃない、恥ずかしさと憤りでいっぱいだった。

目の前の人形のような美女が、淡々とおれのプライベートを明かすこの異常事態。

現実とは思えない。

でも、反論することはできなかった。

その通りだから。

そして最後に、ビアンカはこう言った。

「毎日、地球儀を触って、自分だけの儀式をしている」

そんなことまで言うか……。顔が赤くなるのがわかった。


「地球儀？　なんで君、地球儀なんか触ってるの？」

安曇はそう言いながら、真剣な顔でビアンカの資料を眺めている。

そこには、おれの部屋の中を写した写真があった。昨日の夜、撮ったやつだろう。

あの双眼鏡はカメラになってるのかもしれない。

「これ、何してるの？　エロいことでも想像してるの？」

安曇はそう言って、ニヤニヤ笑う。

「違います！」

「じゃあ、何？　早く教えてくれよ」

「……」

言いたくなかった。

誰《だれ》にも言ったことないのに、なんでここで言わなきゃならないんだ。

それも、親しくもない三人の前で。

「あのね……」

しばらく黙ってると、安曇が真顔になって言った。

「忘れた？　これは生活指導なんだ。基本的に俺《おれ》の言うことを聞かないと、船戸川先生に卒業させないよう頼むしかないわけ。しかも一人が協力しなかったら、全員卒業させないよ。連帯責任形式ってやつ」

「連帯責任……」

英玲奈が言った。

全員の視線がおれに集まった。

「──何って、別に何してるわけでもない」

おれはしぶしぶそう言った。

ウソじゃない。本当のことだ。

安曇が髭《ひげ》を触りながら言う。

「ただ地球儀を触ってるだけで、何も考えてないっていうの？」

この男の目は恐い。今まで気づかなかったけど、安曇にじっと見られると、どうしてもウソがつけないような気がしてくる。

「いや……そういうわけでも……」

「じゃあ、なんなんだ?」

安曇は追及してくる。他の三人もおれを見てる。

ビアンカだけが、なんの興味もないように足を組んでスカートをいじっていた。

安曇の目つきとその場の雰囲気に、だんだん話さなきゃいけないような気がしてくる。

「うまく、言えないんだけど……」

そう、おれは言った。

自信がなかった。

なぜ自分が地球儀を触ってるかなんて、言葉にしたことがないから、うまく話せるかよくわからない。

「大丈夫、わかってるから。うまく言えるというのは、自分の中でちゃんと整理ができてるってことだけど、今の君にそんなことできるんだったら、この生活指導のメンバーには入ってない。ゆっくりでいいから、自分の言葉で話せばいい」

全員がおれを見つめている。

おれはなんだか、諦《あきら》めざるを得ないような気持ちになってきた。

それから今度は、どう言ったら自分の気持ちが伝わるかが気になりはじめた。

「——地球儀を回して、どこか一か所を指差すんだ。それで偶然、指差した国のことを検索する。昨日は、ネパールでお坊さんが焼身自殺したし、その前は中東のどこかで爆破テロがあったし、他にもいろんなことが起きてるのが身近に感じられるんだ。なんか、世界の一員になった気がするんだよ」

「世界の一員、ね」

安曇が言う。

「何それ?」

英玲奈が首をかしげる。

まぁ、そうだよな。自分だってよくわからない。世界の一員ってなんだよ。

「わからないよね。でも、社宅にいると……なんていうか……」

「社宅?」

「あのでっかいマンションだよ」

哲夫が言った。

「あのマンションに住んでるのか? 金持ちだな、おまえ」

山田が顔をしかめる。

「へぇ、どんな社宅なんだ?」

安曇が聞くと、ビアンカは資料を取り出し、業界三位の中京セメント買い上げマンションと説明してくれた。

「あの社宅、お城みたいよね」

英玲奈が言う。

「なんか、おれはそこから抜け出したいんだと思う」

「なんで？　社宅が嫌なの？」

「なんていうのかな、そうだな、日常が、他の誰《だれ》かが作ったみたいに、決まったことが繰り返されてて、おれもその中の一人で……。そんな感じがすごく息苦しいんだ……。安全っていうか守られてる感じはするんだけど、それが逆に、すごく苦しいんだよ」

いつのまにか、言葉が溢《あふ》れるように出てきた。

「これからもそこで暮らしてくって考えると、なんとなく、自分の心とうまくやっていけない気がしてしょうがないんだ」

三人は、よくわからないって顔してる。

そうだよな、わからないよな……。

でも安曇は言った。

「なるほどね。わかった。じゃあ、ビアンカ。そろそろ行こうか」

「はい」

ビアンカは突然、教室を出て行った。

「え、なんのこと？」

「どっか行くんですか？」

安曇はおれたちの方を見て言った。

「生活指導さ」


数分後、スタスタと教室を出て行ったビアンカがグラウンドにいるのが、第５理科実験室の窓から見えた。

走っている陸上部の連中のど真ん中に、砂埃《すなぼこり》を巻き上げながら、真っ黒い高級車で登場したのだ。

「すげぇ、フェラーリかよ」

山田が言うと、安曇は
「お、わかってるじゃないか」

と、嬉《うれ》しそうに山田の頭を撫でようとして拒絶された。

「じゃ、行くぞ」

「行くって……どこに？」

哲夫がポカンとした顔で聞いた。

安曇はそれに答えず、ついてこいとだけ言ってグラウンドに向かった。

おれたちは、フェラーリの車内にギュウギュウに押し込められた。

英玲奈の細い足が横にあって、異常事態だっていうのにおれはドキドキした。

「よし、行くぞ」

安曇が黄色い馬のエンブレムが光るハンドルを握る。

「だ、だからどこに行くんだよ！」

安曇はおれの言葉を無視して、アクセルを思いっきり踏んだ。

これ以上、何が起こるんだ⁉


フェラーリを飛ばして着いた先は、夜の成田空港だった。

時計を見ると、9時を回っている。

「ちょっと、なんで成田なのよ⁉」

「おい、ふざけんなよ。オレバイトがあるんだぜ！」

英玲奈と山田が文句を言う。

ほんとだよ。なんでこんなところに来てるんだ？

でも安曇は、さっきからおれたちの言葉を一切無視して、ビアンカに話しかけている。

「あれ、持ってきたよね？」

「イエス」と色っぽく答えて、ビアンカは、ウエストポーチからパスポートを出した。

冗談かと思ったが、パスポートはおれたちのものだった。

おれのパスポート、確かあの本棚にしまっておいたはずだけど……。

「ちょっと、なんで私のパスポート持ってるのよ!?」

「言ったろ。ビアンカは元ＣＩＡなんだ。家に侵入するなんて簡単なんだぜ。それに君たち、２年の時に修学旅行でオーストラリアに行っただろ。その時のパスポートが今ここにあるってわけ」

「こちらがチケットです」

ビアンカが安曇に四枚のチケットを渡す。

「よし、じゃあ、ほれ」

そう言って安曇から渡されたチケットには、〝INDIA〟と書いてあった。

インド?

キャリーケースを引いているビジネスマンたちの中、制服姿のおれたちは、突っ立ったまま呆然としていた。

成田から9時間。おれたちは本当に、インドのデリー空港にいた。

きれいな建物だけど、一歩外に出ると、鼻が曲がりそうな匂《にお》いがする。小便の匂いだ。

柱にはヒンディー語が書かれている。

空港を出ると、通りでチャイと果物が売られてる。

インドに来るのは初めてだ。修学旅行で行ったオーストラリアとは違う、人の熱気。

哲夫は怯《おび》えたように英玲奈の後ろにくっついている。

気づくと、おれたちは周りからジロジロ見られていた。

でも一番注目されてるのは、安曇とビアンカだ。

日本よりもさらに暑いインドで、ジャケットも脱がずに帽子をクルクル回している安曇と、モデルのような長身にミニスカートのビアンカ。

この二人が並んでたら、注目されるのもあたりまえだ。

一緒にいるこっちの方が恥ずかしい。

「さて、これからバスだ。4時間ぐらい走り続けるから、ちゃんとトイレ、行っておきなさい」

51
C.C.C
ATAT
KK-94
CGD5

8時間後、おれたちが乗ったバスはようやく止まった。

4時間どころか倍の時間もバスに揺られ、本当にクタクタになった。

なんでこんな目に合わなきゃいけないんだ？　そう思うのは、もう何度目か……。

「どこ、ここ？」

「アルバーンっていう村だ」

安曇がそう言う。

バスの目の前を猿と象が歩いてる。日本じゃ考えられない光景だ……。

大きなピアスとネックレスをジャラジャラ着けたおばあさんが水を売りに来た。すごく優しそうなおばあさんだ。

おれがその水を買おうとすると、安曇が手で制し、「腹壊すぞ」と言ってスタスタ歩き出した。

まっすぐ伸びた道を、おれたちは安曇とビアンカにくっついて歩いていく。

「どこに行くんですか？」

哲夫が聞いた。

「それは着いてからのお楽しみだよ」

そう言って安曇は、おれに向かってニヤッと笑った。

しばらく歩いていくと、オフィス街みたいなところに出た。

「ここだ」

安曇がそう言って指差した建物には、〝Albern Newspaper Company〟という看板が立てかけられている。

「新聞社？」

「そう、新聞社だよ」

ドアを開けると、たくさんの人が小さなオフィスを動き回っている。

パソコンのキーボードを乱暴に打ち付ける音と怒号。すごい熱気だ。

何かを探してるのか、安曇はキョロキョロと辺りを見回している。

「あ、いたいた！」

そう言って安曇は、浅黒い顔をした男のところへ向かった。

長い髪の毛と髭《ひげ》。そして、肩からかけられた大きなカメラ。

手を振る安曇に気づくと、その男は笑顔で近づいてきた。

そばまで来ると、着ているジーンズやシャツがところどころ破れているのがわかる。

また変なやつが出てきたな……。

「安曇！」

「やぁ」

「久しぶりじゃないか」

二人はそんな会話をしてるみたいだ。

男の声はしゃがれてるけど、落ち着いてて、なんか、リラックスできる感じだった。

「いつ来たんだ？」

「つい数時間前さ。デリーからバスで来たんだ」

「そうかぁ。で、この子たちは？　君の教え子？」

「そうだよ。おれの教え子さ。晃、ほら、自己紹介」

おれはいきなり安曇にそう振られ、なんとか英語で対応した。

「デブラはさ、カメラマンなんだよ」

安曇が言った。

「いろんな国の紛争とか事件とかが多いね。それにイラクやプノンペンの兵士も撮ったし、南アフリカやアルジェリアの虐殺も撮ってる。世界中を飛び回ってるんだよ。この村に住んでるわけじゃないんだ。ところでさ、デブラ」

「なんだい？」

「飯、食いに行かない？　例のバーで」

安曇はそう言ってから、チラッとおれのことを見た。

新聞社近くのバーで、おれたちは極上のカレーを食べた。

今まで食べた中で、一番おいしいカレーだったかもしれない。山田や哲夫も感動してる。

カレーで満足した後、みんながチャイも飲み終わると、安曇が言った。

「さて、と。デブラ、この晃にはさ、悩みがあるんだよ。あと、不思議な自分の儀式を持ってる」

「儀式?」

早口の英語でついていけない会話を、おれたちにもわかるように、ビアンカが同時通訳してくれる。

「ははは。そうなのか。まぁ、そうだよな。高校生って、そういう時期だよな」

安曇の話を聞き終わると、デブラが笑っておれに言った。

「おれもそんな時期を超えてきたからなぁ」

「そう、今日はその話を聞きたくて、ここまで来たんだ」

安曇が言うと、デブラはわかったというように、一つ頷《うなず》いて話しはじめた。

「この村にはさ、昔、とんでもない風習があったんだ」

「風習?」

英玲奈が聞き返した。

風習なんて言葉、久しぶりに聞いた。

「そう。風習さ。おれの家族は、その風習に壊されたんだ」


全員の前に、二杯目のチャイが置かれた。

「おれは、この村で生まれたんだ。200人ぐらいのとても小さな村だった。村中みんな知り合いで、みんなに囲まれてると、不安も心配事も何もなかったよ。ここにいればいい。そんな感じだったな」

あぁ、おれの状況と似てるな。

デブラは話を続けた。

「おれの家は薬屋をやってたんだ。周りには親戚も友達もたくさんいた。おれにはそれがとても幸せだった。でも、その幸せが……」

デブラはそこで話を止めて、アフターダークというウイスキーを頼んだ。

インドで作られているお酒で、デブラのお気に入りらしい。

「なんですか?」

おれは聞いた。

「そういう幸せっていうのはね、簡単になくなってしまうってことを知ったんだ」

デブラはちょっと悲しそうに言った。


「14才の時のことだった」

デブラは続けた。

「学校から帰ると、家の中がいつもと違う感じがした。空気が違うっていうか、違和感があったんだ」

「違和感?」

おれは聞いた。

「別に、特別変なことがあったわけじゃなくて、お袋の包丁の音がいつもと違うように聞こえたり、親父のジャケットが放り出されていたり……そんな些細《ささい》なことだった」

デブラはテーブルに置かれたウイスキーをひと口飲んだ。

長い髪の毛がコップの中に入りそうになった。

「一番変だったのは、真冬なのに、親父が冷たい床に座っていたことだった。それも、下着一枚でだぜ。いつも黒い皮の椅子に座ってたのに」

インドでも、冬は寒いと聞いたことがある。

「床に座って、お父さんは何をしてたの?」

そう英玲奈が聞いた。

「何も。ただ窓の外を眺めてた。なんでそんなところに座ってるんだって聞いたよ。だけど、親父は一言も答えてくれなかった。おれはなんだか恐くなってさ、包丁を使ってるお袋の方を見たんだ。助けてくれると思ってさ。だけど、お袋はおれを無視して、そのまま包丁を叩《たた》きつけてた」

おれは話を聞いてるうちに恐くなってきた。

その日からずっと、デブラの父親は床に座って外を見るだけの生活を続けたという。

たまに独り言を言うだけで、あとは、感情のない人形のようになってしまったらしい。

「しばらくして、親父の顔つきが変わったのに気づいたんだ」

「顔つきが変わった？」

「そう、親父はすごく威厳があった人だったのに、それが全部削げ落ちて、なんだか生気のない顔になったんだ」

それを聞いて、おれは自分の親父を思った。

岩城さんの家でジャイアンツ戦を見ている時の親父の顔。

もしかしたら、そんな感じなのかもしれない。

「顔っていうのはすごい重要なんだ。たとえば、卑屈なやつの顔には、その卑屈さがモロに顔に出てる。そして、それは他人に伝わるんだ」

安曇はおれの心を読んだように言った。

おれは黙ってた。


三杯目のチャイ。

デブラも三杯目のウイスキーを頼む。

「で、どうなったの？」

英玲奈が聞くと、デブラがまた話しはじめた。

「真相がわかったのは、それから二か月後だった。『お前の親父、村の金を盗ったんだってな』村の連中がおれにそう言ったんだ」

「村の金を盗った？」

「そう」

デブラの話によれば、この村では年に一度、大きな祭りをやっていたという。

村人はみんな、どんなに貧しくても、その祭りのためなら金を払っていた。

その年の集金係をデブラの父親がやっていたが、そこで窃盗事件が起きた。

デブラの父親は犯人扱いされ、村中の人たちから責められた。

さらにデブラが村を歩くと、仲のよかった友達がデブラを指差し、罵倒し、石を投げつけるようになった。

おれはその話を聞きながら、心臓《しんぞう》の音が早く、強くなるのがわかった。

恐ろしい話だ。

「おれは急に一人になったんだ。それまでいろんな人に囲まれて、安全だったおれの生活は、一気に崩れた。世界がグラグラ揺れて、突然大きな音を立てて壊れてしまったような感覚だった。信じていたものが、すべて崩れてしまったんだ」

「でも、そのどこが〝風習〟なわけ？」

英玲奈が聞いた。おれもそう思った。ただの犯罪じゃないか。

「村の風習を知ったのは、まさに今、君らがいるこの小さなバーでだったんだ。そのころおれは、学校が終わるといつも、この裏にあるゴミ捨て場で時間を潰《つぶ》してた。エアコンの室外機があるから冬は暖かかったし、そこにいれば誰《だれ》にも見つからなかったしね」

その日、デブラはバーの中で響く、ひときわ大きな声を聞いてしまった。

店の中を覗《のぞ》くと、村長と数人の村人がアフターダークのボトルを囲んでいた。

「そこで村長が言ったんだ。『風習だからしょうがない』そう言ったんだ」

そう話すデブラの声は、怒ってるようだった。

おれは息を飲んだ。

数年に一度、村人たちの結束を強めるために、誰か一人を敵として仕立てあげるという風習があった。

『それが、村がうまく機能するためのコツなんだ』村長はそう言ったという。

『さぁ、今年も無事に終わった。みんな、お疲れだった』笑いながらそう言って、村長は祭りのために集めた金を取り出した。

「怒りで頭がクラクラしたよ」

「騙《だま》されてたのね？」

「そう、誰でもよかった。たまたま、親父が選ばれてしまったんだ」

貶《おとし》められたという事実を知ったデブラは、父親のもとへ走った。

これをみんなに知らせれば、父親の汚名を晴らせると思った。

寒い冬、白い息を吐きながら走り続け、聞いたことをすべて父親に話した。

「どうなったんですか？」

おれはおもわず、デブラを急かした。

「『知ってる』親父はそう言ったよ」

デブラがそう言った時、誰《だれ》も言葉を発しなかった。

「親父は『村には村のいいところがある』そう言うだけだった。生《い》け贄《にえ》を出して村の集団意識を高める行為も、一人の敵を作れば村中の結束が強まることも、知ってたんだ」

「なんでそんな……なんで何も言わなかったの？」

おれは驚いて言った。

「それはね、親父には、村以外、何もなかったからだよ。だから、自分を消しているしか、その地獄を乗り切る方法はなかったんだ」

おれの感じていた恐怖が、どんどん大きくなっていった。

デブラの父親は、おれの父親だ。

何かのために自分を犠牲にするのは恐ろしい。

おれが感じていたのは、これだったんだ。

あの社宅の中で一生暮らしていくということは、それに寄りかかるしかないということだ。

それがどんなに恐いことか、デブラの話から強く感じた。

「それから、どうしたんですか?」

おれは聞かずにいられなかった。

「おれは一人で村を出た。親父のようになるのは耐えられなかったからね。そして、自分の力で食っていけるカメラマンという仕事を選んだんだ。この村は、おれの世界のたった一部さ。今では写真を売りに来るぐらいしか用はない。でもこの村に、感謝する気持ちも持ってるよ」

「なんでだよ」

山田が聞いた。

「この村から、おれはすごく大事なことを教わったからさ」

「どういうこと？」

「世界は正しいことばかりで成り立ってるわけじゃないっていうこと。世界はすごく広いっていうこと。この村にずっといたら、それを知ることはできなかった」


デブラは手を振って去って行った。

次の現場に向かって。どこに行くんだろう。

穏やかなデブラの横顔。でも、内側にある怒り。

それは今、世界に向けられているんだろうか。

おれは、インドのお坊さんが焼身自殺をしたことをどう思うか、デブラに聞き忘れたと思った。


おれたちはバーの近くのホテルに泊まることになった。

でも、おれは眠れなかった。

ホテルのロビーに座って窓の外を見ると、地平線が見える。

それを見ながら、おれは棚にしまった地球儀を思い出した。

気がつくと、後ろに安曇が立っていた。

「眠れないのか？」

「はい、まぁ」

「そっか」

それ以上、何も言わない。

「あの、これって本当に生活指導なんですか？」

「ん？　そうだよ。君はきっと、十分に感じ取っただろ」

どうだろう……でも確かに、デブラの話は忘れられない。

安曇は言った。

「君は世界を見ようとしている。そして今日、世界は優しさと安心だけでできているものじゃないことを知った。世界には、汚さも存在してるんだよ。本当に世界の一員になるには、自分の心と体をフルに動かして、たとえボロボロになっても外に向かうことだ。楽しいじゃないいか」

おれは黙って聞いていた。

「世界の暗闇から守ってくれるのは、君自身なんだ」

「……わかったよ」

〝君は世界を見ようとしている〟

体が熱くなってくるのを感じた。

遠い先の地平線から朝日が上りはじめていた。


おれたちは日本に戻ってきた。

両親からインドに行ってる間のことをあれこれ聞かれたけど、ビアンカが、あのいつもの格好《かっこう》で「教育指導の一環です」と言い放つと、二人とも黙ってしまった。

クラスメートたちには何も言わなかった。


なんの変哲もない日常が、また繰り返されていく。

街は何も変わってない。

学校からの帰り、ファミリーレストランで小さな子がアイスクリームを食べているのが見える。

社宅もあいかわらず、平和そのものだ。


その夜、またジャイアンツ戦に呼ばれた。

岩城、松茂コンビは、あいかわらずテレビを見ながら楽しそうに笑ってる。

テーブルの上には、これでもかという品数の料理。

「今日こそ打てよ！」

「大丈夫、今日は打ってくれますよ」

ビールを飲みながら、岩城、松茂コンビが言い合う。

親父は笑うだけだ。

4番打者が満塁逆転ホームランを打った。

部屋が揺れるほど、岩城、松茂コンビが騒ぎ出した。抱き合って喜んでる。

本当に、芝居を見ているようだった。自分の役になりきって、笑ったり、喜んだり。

おれはその中で、自分が今までと違った存在になってることを感じていた。


「あぁ、今日も楽しかったなぁ！」

帰りのエレベーターの中で、親父はそう言った。

それから、岩城と松茂、それに自分の会社がどんなにすごいかを話しはじめた。

母親と妹はエレベーターのボタンの方を向いている。

「……だからな、ああやって会社の人と仲良くすることはとても大事なことなんだ。おい聞いてるか、晃。ちゃんと勉強して、中京セメントに入れ。それが一番だ」

親父はそう言った。

エレベーターが開くと、きれいな月が見えた。

おれは、インドの地平線を思い出した。

「あのさ、お父さん」

デブラの顔も思い出す。

「ん、なんだ？」

いつもはなんの反応もしないおれが話しかけたもんだから、親父は嬉《うれ》しそうにしている。

「そんなこと、どうでもいいや」

「なに？」

「中京セメントとか、全然興味ないよ、おれ」

「……え？」

「だからさ、会社とかこの社宅とか、全然興味ないんだ」

「な、何を言い出すんだよ、お前は！　いい会社に入って、一生そこにいられれば、それでいいんだ！」

親父が真っ赤になって言う。

「そんなことないよ」

おれが言い返すと、親父は驚きで言葉も出ないみたいだった。

母親は何も言わなかった。でも、気のせいかもしれないけど、ちょっと微笑んでるような気がした。

優樹菜が、チラッとこっちを見てちょっと笑った。

スッとした。自然に出てきた言葉だった。

言った瞬間、この言葉をずっと親父にぶつけてやりたかったんだとわかった。

なんだか、世界が前より近づいた気がする。

おれは部屋から地球儀を持ち出して、外に飛び出した。

今、飛び出すということが、すごく重要な気がしたんだ。

コンビニまで来ると、ゴミ箱があった。

ちょっと考えてから、燃えるゴミの方のふたを開けて、地球儀を放り込んだ。

地球儀は、もういらない。

おれにはおれの足がある。

そう思うと、胸が熱くなった。

MISSION 2

ミッション2

「情熱」

―神谷《かみや》英玲奈《えれな》の場合―

風が強くて、外は寒そう。もう11月だもんね。

あー、化学の授業って長く感じちゃう。昨日遊び過ぎたし、眠くて眠くて……。

ていうか、あの色が黒くてエロそうな先生の名前、なんだっけ?

このあいだ行ったインドの人に似てるから、インド人てあだ名つけたけど、ほんとの名前、忘れちゃった。

あっ、またユッコが、スカートを上にずらしていってる。

黒板の前で、インド人の目がしっかり、その太ももを見てる。

ユッコが笑ってるのが背中の動きでわかる。

後ろの席の愛子はそんなこと気にせずに、つけまつげをまたつけて巨大化させてる。


私たちは確かにインドに行った。

私は一番前に座ってる片山くんを見た。

片山くんは何かが変わった。特に何が、って言われるとわからないんだけど。

目に力があるっていうか……。

それに、ちょっと前までこっちをチラチラ見てのに、インドから帰ってから、もう見てこなくなった。

別に悲しいわけじゃないけど、なんだか変な気分。

それにしても、山田くんも篠田哲夫も、みんな変だ。

安曇さんとビアンカなんて、もうマンガの世界。

変な〝生活指導〟に巻き込まれていることは、ユッコと愛子には言ってない。

なんか説明するのが面倒だし、片山くんも、誰《だれ》にも言ってないような気がする。


不意打ちで、片山くんと目があった。

光が反射してよく見えなかったけど、ちょっと笑ってたように見えた。

なぜかドキッとした。今までそんなことなかったのに……。


ホームルームが終わって、いつものようにユッコと愛子と一緒に渋谷に向かう。

上り電車はあんまり混んでないから、私たちのしゃべってる声は、隣の車両まで聞こえてるかも……。

渋谷に着くと、そこからはお決まりのコース。

黄色い看板のマツモトキヨシ、赤と白のユニクロ、オレンジ色のビリヤード&ダーツショップを通り過ぎて、エクセルシオールカフェでカフェオレを頼む。

お店の中は、私たちみたいに、東京からちょっと離れたところから来てる女の子でいっぱいだ。

なんでかよくわからないけど、みんなここに集まる。

他の学校の子たちに手を振られる。笑いかけてくれるから、私も笑顔を返す。

なんていう子だっけな、聞いたんだけど、また忘れちゃった。

「ねぇねぇ。どうする?」

「カラオケでしょ」

「今週、もう三回目だよね」

ユッコと愛子の会話を聞きながら、私は安曇さんの言葉を思い出していた。

〝心のズレ〟?

私、ズレてなんかいないない。

「なんなのよ、あいつ」

独り言を言うと、ユッコが「なんか言った?」と振り向いた。


カラオケボックスの4階。

個室に入ると、ユッコと愛子がソファの上に立って、流行りのアイドルの歌を交互に歌う。興奮《こうふん》すると、奇声に近い声になっていく。

みんなで一斉に笑う。

楽しい。

でも、笑うから楽しいのか、楽しいから笑うのか、いつもわからなくなる。

歌がちょうど途切れたところで、私は一人で廊下に出た。

二人のおっきな声に耳がやられてしまってよく聞こえないけど、廊下を歩いてたら、後ろから声をかけられた。

「ねぇ、一人？」

ナンパかぁ、二人とも大学生かな。

豆腐みたいにのっぺりした顔。金髪の前髪がうっとおしい。

これだったら、片山くんや山田くんの方がかっこいい。

二人ともニヤニヤしてて、それだけでムカついた。

「一人じゃないです」

そう答える。俯いて視線を逸《そ》らそうとしても、顔を覗《のぞ》き込んでくる。

うざったいなぁ。

なんでこういうやつってみんな顔が似てるんだろう。

ヘラヘラして、薄っぺらくて、汚らしく感じる。なんでなんだろ。

無視してトイレに行こうとした時、愛子の声がした。

「おーい、英玲奈ー」
男たちが愛子の方を振り向いて、「友達?」と聞いてくる。
ほんとうに、うっとおしいな。
「一緒に歌おうよ」
答えも聞かずに、ナンパ男二人はさっさと愛子のところに歩いていく。
もうこうなると、断るのもめんどくさくなる。
勝手にやってよ、そう思いながら「後で行きますから」と言って非常階段に向かった。
誰《だれ》にも見つからないところで、ちょっと時間を潰《つぶ》したかった。
なぜか片山くんのことを思い出した。
別に好きとかじゃなくて。
なんであんなに楽しそうな顔に変わったんだろう。それが不思議だった。
社宅っていう彼の牢獄《ろうごく》みたいなものを抜け出したのかな。
――私にも、そういうもの、あるかな。
何度考えてみても、そんなものはないと思った。
うん、私は自由だ。
でもそのかわり、何もない……。
あるのは退屈だけ。

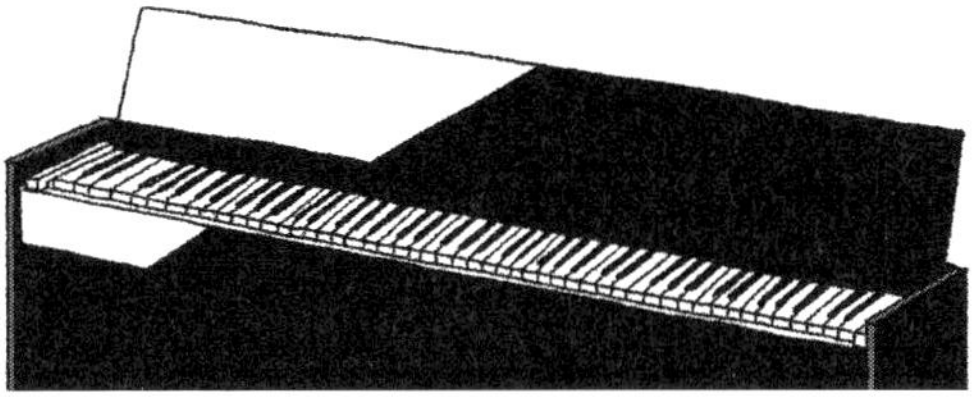

私の心の中には、何もない。

しかたなく部屋に戻ろうとした時、大きい個室の中に目がいった。きっと結婚式の二次会とか、パーティーの時に使うんだろう。カラオケボックスにはめずらしく、電子ピアノが置いてある。

「あ、ピアノ……」

ピアノが見えると、おもわず部屋の入り口へ近づいていった。

なんだかちょっと、懐かしい感じがして。

私は廊下に誰もいないことを確認して、そっと部屋に入ってドアを閉めた。

何かに導かれるみたいに――。

ピアノの前に座って、電気もついてない部屋の中で、ソナタを弾いた。

鍵盤《けんばん》に触れる指。

久しぶりだったけど、忘れてなかった。きっと自転車や水泳と一緒で、一度覚えたら忘れないんだろう。

ピアノを弾いてると、心がふんわりしてきた。

「なんであの時、ピアノ辞めたんだっけな……」

そう呟《つぶや》いた時、ドアのガラスの向こうに陰が見えた。
黒いベストを着た店員がこっちを見てる。
ヤバイ。
「あ、すいません。すぐ出ますから……」
私はそう言って立ち上がった。
でも、その男は私の方をしばらく凝視した後、サッと行ってしまった。
「なんなの？」
その時、携帯が鳴った。
『明日、来なさい』
安曇さんからのメールだった。
あ、さっきの店員、あれはもしかして……。
片山くんが言ってたことを思い出して、私はため息をついた。

翌日、第5理科実験室に私たちは集まっていた。
いつもの赤いソファに座り、他の三人を見回した。

明らかに、片山くんだけが、雰囲気が変わってる。

安曇さんが奥からのそのそ歩いてきて、

「やぁ、みんな来たな」

と言った。

「だって来ないと卒業できないんでしょ?」

不満そうな顔をしてみせる。

山田くんも不満そうにして、そっぽを向いてる。

「で、今回は誰《だれ》かなぁ?」

その言葉を聞いて、私たちは顔を見合わせた。

「ビアンカ」

安曇さんが言うと、壁際に突っ立っていたビアンカが動き出した。

その時、ビアンカの後ろに、カラオケボックスの店員のユニフォームが置かれてるのに気がついた。

大きなため息が出た。やっぱり、次は私だ。

「何が元スパイよ。なんで微妙に見つかってんの?」

そう言ったけど、ビアンカはなんの問題も感じてないようで、私の言葉を無視してファイルをめくった。

あれが私の資料？　すっごくぶ厚い……。

覚悟はしてたけど、あの厚さを見ると、またため息が出そうになる。


「神谷英玲奈。16歳に関して」

ビアンカは淡々とはじめた。

私に心のズレなんてあるのかな。たぶん、ないと思うんだけどな……。

「神谷英玲奈、16歳。身長１６５センチ、体重、公表43キロ。最近は43から46キロを行ったり来たり。父親は会計事務所勤務、金に不自由はない。アルバイトはしておらず、両親からもらった小遣いで遊んでいる。母親は専業主婦。兄弟はいない。彼氏とは四か月前に破局。渋谷のカラオケによく行く。夕食はたいていがファストフード――」

ぜんぶ的中。

よく調べるなぁ。ユッコと愛子からのメールもチェックしてる感じ。

テーブルの上には、次々写真が置かれていく。

カラオケボックス、マクドナルド、コンビニ、電車の中……。

でもどれも、退屈そうに見える。

それだけならまだいいけど、どの写真の顔もなんか気持ち悪い。

みんなで写メする時は意識して笑ってるから、普段の顔がこんなにひどいとは思わなかった。結構ショックかも……。

自分で言うのもなんだけど、私は結構かわいいほうだと思う。

だけど写真に写ってる私は、退屈そうで、作り笑いしてるみたいで、全然かわいくない。

なんでだろう。

そう思いながら写真を見てると、安曇さんが言った。

「無理に楽しそうな顔してるよな。自分でもわかるだろ?」

「……」

「英玲奈ちゃん。君さ、本当はカラオケもファストフードも好きじゃないし、友達といてもそんなに楽しくないだろ」

「そんなこと……ないわよ」

本当はどうなんだろ? 自分のことなのに、よくわからない……。

「どうだかわからなくなってるのか。そりゃ重症だわ」

安曇さんがそう言って笑う。

「だから、違うって……」

私は言い返したけど、本当に自信がなくなってきた。

「いいんだよ。退屈なんて普通なんだよ」

「……普通、なの?」

片山くんが驚いたみたいに聞いた。

「あのな、だいたいみんな、無理に人生を楽しもうとしすぎなんだよ。つまらないものに囲まれてたら、人生がつまらないなんてあたりまえだろ。もっと言えば、情熱がないと、それはそれは退屈な毎日を過ごすことになる。それが普通なんだよ」

安曇さんはそんなことを言いながら、ビアンカの資料をペラペラとめくっている。

私は聞いてるうちに恥ずかしくなってきて、何も言えなくなった。

突然、資料をめくる安曇さんの手が止まった。

何よ。

「でも、この写真……これだけ、すっごくいいな」

「ど、どれよ」

安曇さんが一枚の写真を差し出してきた。

そこには、カラオケボックスでピアノを弾いている私がいた。あの時の写真だ。

確かに、自分で言うのもなんだけど、すごく幸せそうな顔をしてる。

どっちかっていうと、とても満足そう……。

「そうかぁ、君はピアノが好きなんだね?」

「え、いや、別に……」

そう言われて、私はちょっとドキッとした。

なんだか、心の一番大切な部分に触れられた気がしたのだ。

「友人ユッコの話によれば、神谷英玲奈は２歳からピアノを習っていたそうです」

安曇さんの言葉にビアンカが答えると、

「２歳。ふん、英才教育ってやつか？」

と、山田くんが続けた。

「じゃあ、すごく得意だっただろう？」

そう、安曇さん。

「神谷英玲奈がピアノを辞めた理由は、判明していません」

すかさず、ビアンカが言う。

さすがにそれは調べられなかったんだと思って、私は奇妙な優越感に浸った。

調べられないのは当然だった。

だって、ピアノを辞めた理由は私しか知らないから。

誰《だれ》にも言ってないし。

でも最近、自分でも理由がわからなくなっちゃってる気がする……。

安曇さんがこっちをじっと見てる。

そんな風に見られると、ごまかしがきかないような気がしてくる。

なんていうか、丸裸どころか、骨や内臓《ないぞう》まで見透かされてるみたいで怖い感じ。

そういえば、片山くんも感じたって言ってた。安曇さんの、催眠術師みたいな視線。

確かに、こうやってじっと見られていると、だんだんしゃべらないといけないような気になってくる。

さっきまで、なんだか怖いと思ってたのに……。

そんなことを考えてるうちに、私は自分から口を開いていた。


「確かに安曇さんの言う通り。私の生活ってほとんどみんな、退屈なの。カラオケとか、カフェラテの味とか、マクドナルドのハンバーガーとか、愛子とかユッコの声とか、化粧とか、本当は全部どうでもいいの」

「それって本当は、嫌だってこと？」

片山くんが言う。

「嫌じゃないの。ていうか、嫌と思うような対象にすらならないのよ。でも、そういう中で楽しまなきゃと思ってるの。ピアノ辞めてから、私はずっとそういう生き方なの」

安曇さんに見つめられる。

なんて不思議な人だろう。

「その反対に位置するのが、ピアノなんだな」

「そう、かもね」

「で、なんで辞めたんだい？」

「うーん。もともと才能があったのよ、ピアノの。他の子よりも何倍もうまくって。すごく熱中してやってたの」

　そこにいる全員が私を見てた。

「だけどピアノって、子どものころ、結構みんなやるでしょ。みんなが習いはじめて、最初は私の方がうまかったのに、だんだんみんなが追いついてきて、それがすごくプレッシャーになったの。みんなが追いついてくるのが、すごく怖くなっちゃった。それでね、なんかある時、思ったのよ」

　なんだろう。私はいったい、何をしゃべろうとしてるんだろう。

「一生懸命だから傷つくんだって。つまり、一生懸命にならなければ、傷つくこともない。そう思ったのよ。だから私は、一生懸命になってるピアノが急に怖くなって、それで、辞めちゃったのよ。ほんとは、ピアノより、一生懸命さが怖くなったんだよね。ダメになっちゃった時、心が痛くなるから」

　しゃべってしまったら、心が軽くなってくるのがわかった。

「それに、人から笑われたって傷つかないですむでしょ」

「それで、楽になったの？」

　安曇さんが言った。

楽よ。

――楽かな。

私はピアノを弾いている写真を、もう一度よく見た。

ううん、全然楽じゃない。本当は、毎日が苦しい。

そう言おうとしたけど、言葉が出なかった。

また、安曇さんが口を開いた。

「確かに、何かに一生懸命になるっていうのは、覚悟がいることだよね。心が強くなきゃ、一生懸命ってなかなかなれないもんだよな」

「ふん、そんなもんかね」

山田くんが言った。

興味があるのかないのか、全然わからない。

「それからは、何がやりたいとか、そういうのはもういいやって思ったの。たぶんこのまま高校を卒業して、適当な大学に入って、ＯＬになって、結婚して子どもを産んで、幸せに暮らす。それっていいことでしょ？」

安曇さんは静かに頷《うなず》いた。

「もちろん、素敵な生き方さ。でもね、そういう人生を望む人にとっては素晴らしいっていうだけで、もし君が、何かを諦《あきら》めて、一生懸命さを恐れて選んだ人生だとしたら、それは少し違うよ。どんな人生だって、諦めから入って幸せになれるほど、甘くはないんだ」

そう言った安曇さんは、いつにもまして、鋭い目をしていた。


その時、聞き慣れた車のエンジン音が聞こえてきた。

あ、ビアンカがいない。

「また行くのかよ！」

山田くんは、勘弁してくれって顔をしてる。

「もしかして、またパスポート……」

「また荷物なし？」

「大丈夫さ。ほら」

安曇さんの手には、パスポートが握られていた。

そしてグラウンドに降りていくと、ビアンカの横に巨大な旅行鞄《かばん》があった。

まったく用意周到なのだ、この二人は……。


私たちはまた成田から日本を離れ、12時間後、ロンドンのヒースロー空港にいた。

イギリスは雨が多いって聞いたことがあるけど、私たちが到着した時も、まさに外は雨だった。

せめてもの救いは、インドのように強烈な匂《にお》いがないこと。空港は清潔。ただ、歩く人のスピードはとても速かった。

「で、またインドみたいに、どっかの村に行くわけ？」

私は聞いた。

「いや、今回は違うよ。君たちはこれから、贅沢《ぜいたく》をする。だから俺に感謝しなさい」

安曇さんはそう言って笑った。

贅沢？　なんだろう。私はちょっとだけ、ワクワクした。


みんなで向かったのは、バッキンガム宮殿の隣に建つホテルだった。

〝ザ・ゴーリング〟。映画で見るような、いかにもイギリス風の美しいホテルだった。

チェックインすると、安曇さんは言った。

「まず飯にしよう。部屋でそれぞれ、これに着替えてきなさい」

安曇さんは巨大な鞄《かばん》から四つ袋を引っ張りだすと、私たちに渡した。

「何よこれ」

「まぁ、いいから」

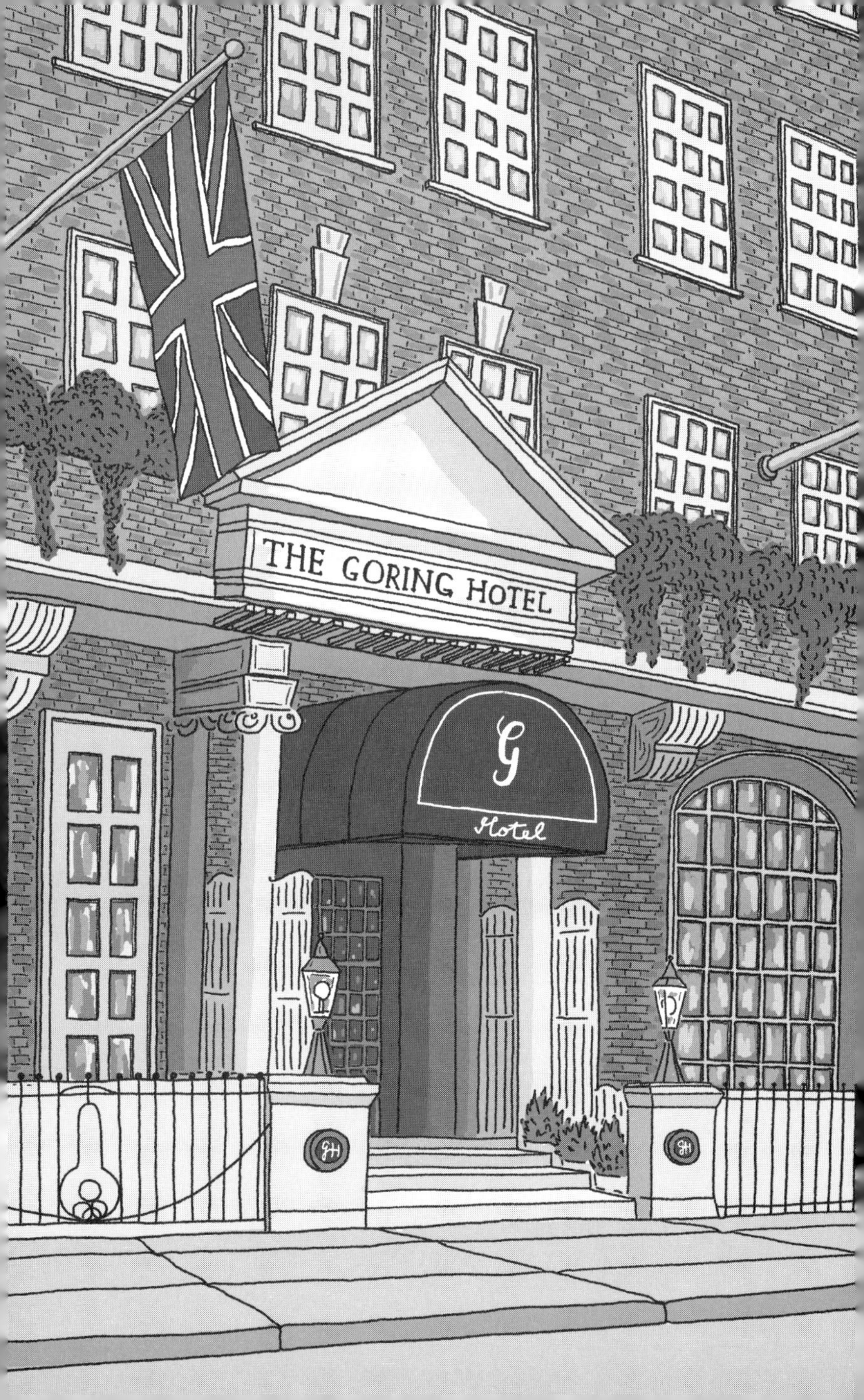
THE GORING HOTEL
G
Hotel
GH
GH

袋を覗《のぞ》いてみると、白いレースに青い刺繍《ししゅう》が見えた。取り出してみると、ロングドレスだった。

「こんなの着るわけ？」

「おい、これなんだよ!?」

「男はタキシードだ」

ビアンカはいつ着替えたのか、真っ赤なドレスを着て準備万端って顔で立ってる。


着替えた私たちは、ホテルの四つ星レストランに入った。

そこでは、今まで見たこともないくらい、きれいでおいしそうな料理が出てきた。

前菜は大きなお皿に、小さな野菜やお肉がまるでオセロの駒みたいに並んでいた。

私が頼んだフォアグラのラビオリ仕立ては、バジリコの香りが食欲をそそった。

安曇さんは、生ハムとカプレーゼと一緒に、ワインを飲んでる。

片山くんの前には、トマトとからすみと渡り蟹《がに》のスパゲティ。それから、トロッとしたチーズがおいしそうなマルゲリータ。

ビアンカの前には、冷たいスープ。それと、まだ湯気をたてている緑と白がきれいなほうれん草とじゃがいものニョッキ。

山田くんの前には、えのき茸《だけ》のパルミジャーノリゾットと、牡蠣《かき》がいっぱい入ったアラビアータ。

哲夫の前には、ウニと牛肉を焼いたステーキと、トマトベースのシーフードのパスタと、ミネストローネスープ。体は小さいのに一番の量だ。

みんな、あまりのおいしさに言葉も出ない感じ。

そして食べているうちに、体中に力が湧いてくるような気がした。


それにしても、ものすごい量を食べた。一食で一日分ぐらいの量を食べた気がする。

それほどおいしかったのだ。

料理を食べ終わったとき、全員の姿勢が正しくなっていた。

いつもマクドナルドでハンバーガーを食べる時は、グダっと姿勢を崩してる私も、なぜか背筋が伸びていた。

「こういうおいしいものはね、人の心をきれいにするんだ」

安曇さんがそう言った。

その夜は、そのままホテルに泊まった。

ベッドは信じられないくらい柔らかくて、私はまた幸せな気持ちになった。

私の〝生活指導〟の本番がきたのは、次の日の夜だった。

私たちは、あるバレエ会場に向かっていた。

バレエなんて見たことがなくて、正直、私はあまり興味を持てなかった。

会場に入るとすぐに、「あっちだ」と安曇さんに言われて、舞台の袖《そで》に行った。

舞台裏のダンサーたち。

みんなピンッと張りつめていた。


舞台の幕《まく》が開くと、曲が流れはじめた。

ピアノとヴァイオリンとチェロの三重奏《さんじゅうそう》。

私は、ヴァイオリンを弾く女の人から目が離せなくなっていた。

ゆっくりと弓で弦を弾く仕草。一つ一つの音がとてもきれいだ。

曲に合わせて、ダンサーが舞台に登場した。

袖にいると、ダンサーの足が床についてこすれる音や、踊っている時の吐息まで聞こえてきて、私は心臓《しんぞう》が飛び出そうになるくらい興奮《こうふん》してきた。

太陽とライオンが描かれた衣装を着た黒人ダンサーの手の動きは、まるでシルクが風に舞ってるみたい。しなやかな筋肉を流れる汗の美しさは、きっと私だけじゃなくて、その空間にいる全員の心を奪ったはずだ。

私は昨日、最高の料理を食べた時と同じ、凛《りん》とした気持ちになった。

ダンサーが、美しく腕を振るその仕草のために、何十時間、何百時間かけたかを想像しただけで、胸が震えたのだ。

踊りが終わると、会場中にブラボーという声がして、大きな拍手がいつまでも鳴り止まなかった。

ダンサーたちが何度もお辞儀をして観客に応え、舞台を去る。

私は、いつのまにか泣いていた。

自然に涙が出るという経験をしたのは、生まれて初めてだったかもしれない。


舞台が終わると、私たちは安曇さんに連れられ、楽屋に行った。

10人くらいのダンサーたちが談笑しながら、着替えたりメイクを落としたりしている。

「ねえ、こんなところにいていいの、私たち」

私が言うと、安曇さんは「いいんだよ」と答えて、のんびり壁に寄りかかった。

ビアンカだけが、バレリーナの輪の中に溶け込んでしまってる。

安曇さんは誰《だれ》かを探してるようだった。

しばらくすると、ダンサーたちが帰りはじめて、楽屋が静かになってきた。

突然、タバコの匂《にお》いがした。

誰かが、楽屋の奥のほうでタバコに火をつけたのだ。

「あ、いた!」

安曇さんはその女性の方に歩いて行った。

「禁煙なんじゃないですか?」

そう言って安曇さんが笑いかけると、その人も「ふふっ、いいのよ」と笑った。

その笑い方を見て私は、とても素敵な人だ、そう思った。

ビアンカが、いつのまにかそばにきて通訳をしはじめていた。

「お久しぶりですね」

「そうね、いつ以来かしら」

安曇さんは私たちの方を見て、デブラの時と同じように、自分の生徒たちだ、と紹介した。

それから突然、私の方を振り向いて言った。

「この人はフランク・マリーヌっていうんだ」

マリーヌという人は、ほほ笑んだまま、細いタバコをふかし続けてる。

いったい何をしている人なんだろう。バレエの演出家とか、振付師とか?

「違うよ」

安曇さんが私の心を読んだように言った。

「この人はちょっと違うんだ。このバレエ団のオーナーと言えばいいのかな」

「それも厳密には違うわね。このバレエ団〝バレエナウ〟の資金繰り担当よ」

資金繰り担当？　なんだかよくわからない。

「英玲奈。自己紹介」

安曇さんにそう言われ、私は自己紹介をした。

「あら。この子の目……」

「やっぱりわかるよね。話してやってくれないかな？」

「何を？」

「昔話」

安曇さんがそう言うと、マリーヌはちょっと考えてから「条件があるわ」と言った。


私たちは劇場から移動して、ロンドンブリッジ駅近くの日本料理屋に行った。

ここのタイしゃぶを食べさせることが、マリーヌの条件だったらしい。確かにものすごくおいしい。

マリーヌが突然「ウェールズって知ってる？」と私に聞いてきた。

私は首を横に振った。

「ウェールズっていうのはロンドンの西の方にあってね。私が子どものころ住んでたところなのよ」

マリーヌによれば、石炭鉱山の多い田舎だという。

「そこでね、私はある才能を見出されたの」

「才能？」

「そう。運動の才能」

確かに、マリーヌの腕には、すごくきれいな筋肉がついてる。

「気づかせてくれたのは、小学2年生の時のトラヴィス先生だったわね。50メートル走、私はすごく速かったの。それを見てね、先生、私に１００メートルをダッシュしてみろって。筋肉の質を確かめようとしたって言ってたわ」

「筋肉の質？」

何それ。

「運動選手には、筋肉の質がとっても大事なのよ。私の筋肉は、ダッシュした後でも数分揉《も》めば、もと通りに柔らかくなった。つまり、ものすごく良質な筋肉だったってわけね。『こういう筋肉を持っているのは、アスリートの中でもかなり限られている』トラヴィス先生は私の母にそう言ったの」

タイしゃぶを食べ終えたマリーヌは、またタバコを取り出した。

「それから私は母に連れられて、いろんなことをやったわ。バスケット、野球、サッカー、クリケット……でも、バレエが一番よくできたの。最初は音楽にあわせて体を動かすだけだったけど、バレエなんかよく知らないのに、つま先と背筋を伸ばして踊ると、美しく見えるということを私は理解していたのよね」

わかる。ピアノを習っていた時のことを思い出した。

ピアノを優しく弾くと優しい音が出るということが、自然にわかってた。

「才能があるわよ」ピアノ教室の林先生がそう言ってくれた。あの時は本当に嬉《うれ》しかった。

料理屋の店員がやってきて「禁煙です」と言ったけど、マリーヌは「わかったわよ」と言って、店員が行ってしまうとタバコに火をつけた。

「初めて舞台に立った時、年が同じくらいの子たちと一緒に『花のワルツ』を踊ったのよ。その時、偶然その場にいた有名な批評家が、私をバレエ団の訓練所に入れるべきだと言ってきたのよね。それから、私はバレエ漬けになった。もちろん辛かったこともあったけど、好きだったら努力を惜しまなかった。その覚悟もあった。そういう人間だったのね」

それから、16才でフランスからイギリスへ帰ってきたマリーヌには、あらゆるバレエ団から公演の招待状が送られてくるようになったらしい。

「でも……」

「でも？」

「運命ってひどいわよね」

「運命？」

　私は聞き返した。

「事故にあったのよ」


　それからのマリーヌの話は残酷だった。

　ある日、バレエの練習の帰り、家まであと10分というところで、対向車から投げられたビール瓶が、マリーヌを助手席に乗せた車のフロントガラスにあたった。衝撃でハンドルを右に切り過ぎた車は、目の前のトラックに突っ込んでいった。

「気がつくと、私は病院にいたわ。包帯がグルグルに巻かれていて、足が上から吊《つ》るされてた。少し体を動かしただけで、太ももに激痛が走ってね。父と母が絶望しきった顔で私を見下ろしていたわ。左股関節《こかんせつ》のY靭帯《じんたい》の断裂。もう、バレエなんてとても無理になってしまった。私はそれから二週間、ろくにものも食べず、睡眠も取らず、誰《だれ》とも話さずに、ただただ泣き続けたわ。自分のすべてをかけてたものが奪われた時の悲しみは、それはもう、この世のものとは思えないほど恐ろしく暗いものよ。『バレエはもう無理でしょう』そう言った医者の言葉は、今でも覚えてる」

「――それからどうしたの？」

私は聞いた。

マリーヌはさらにもう一本、タバコに火をつけた。

「あなたと同じよ」

「え？」

マリーヌは笑いながら言った。

「あなたも今、毎日ダラダラと過ごしているんでしょう？　なんとなくわかるわ」

「そ、それは……」

私は黙った。返す言葉が見つからなかった。

「私はそれから、本当にくだらない毎日を過ごすようになったわ。タバコばっかり吸って。ま、タバコは今でも吸ってるんだけどね」

彼女はニヤッと笑う。

「友達は？」

「いたわ」

「彼氏は？」

「いたわ。たくさんね」

今度はいたずらっぽい笑顔を見せる。

表情の変化がとても魅力的だ。

「アダムにチャックにエドガー、メリル……。もう半分も名前を思い出せないけど。でも忘れられないわ、ジョーだけは」

ちょっと懐かしそうな顔をして言う。

「特別な人だったの？」

「うぅん、特別ではなかったけど……。ただ、ジョーはある人に出会わせてくれたの」

出会わせてくれた？

「転機は訪れるのよね、やっぱり。どんな人生にも」

マリーヌは続けた。

「ある日ね、ジョーの家でバーベキューパーティーがあったのよ。私が行くと、まぁまぁ付き合いのある友達がたくさんいたわ。ステーキはとても香ばしかったし、こっそり飲んだワインもそれなりにおいしかったわよ。まぁ、そんなに悪いパーティーじゃなかった。でもね……」

「でも？」

「でもね……急に退屈になったのよ。そういうこと、あなたもあるでしょう？」

わかる。私とまったく一緒だ。

「それで、タバコを吸いに通りに出たの。そしたら、反対側に誰かいるのに気がついた。よく見たら、それはうずくまっている男の人だった。黒人だったわ」

マリーヌは話を続けた。

「『あの人だれ？』ってジョーに聞くと、『オレが子どものころからずっと、あそこで絵を描いてる変人さ』そう教えてくれた」

「変な人なの？」

哲夫が言うと、マリーヌは笑った。

「まぁ、変といえば変よね。だって、道に新聞紙を広げてずっと絵を描いてるんだから。でもね、なんだか妙に気になったのよ。退屈してたってこともあったのかも。一人で絵を描いている彼の目つきはとても真剣で、なんていうか、私がしばらく忘れていた〝熱〟みたいなものを持ってたのよね。私はその時急に、あの目はどこかで見たことがある。そう思ったの」

マリーヌは遠い目をしている。

みんな黙っていた。店は満席で、話し声や笑い声が大きくなってきていた。

店員の注意を無視してタバコを吸いながら、マリーヌが話を続けた。

「彼を見てるうちに、その正体がわかったわ」

「正体？」

「ええ、それは、昔の私の目だったのよ。バレエに打ち込んでいたころの私の目。鏡でよく見たもの……。彼が絵を描くのを見ながら、私は、左の太ももをさすったわ。事故で負った傷と、手術の後が残っていたから。そして、彼と話してみたいっていう衝動に駆られたの」

マリーヌは天井を向いてタバコの煙を吐いた。

その黒人の手には、やっと手に持てるほどの小さな鉛筆が握られていたという。

そして、何かを呟《つぶや》きながら手を動かしていた。

彼が何を描いているのか、マリーヌにはよく見えなかった。

彼女が近づいていくと、彼は突然、「もう鉛筆がないんだ」そう言った。

「私は『じゃあ、何で描くの？』って聞いたの。そうしたら彼は答えたわ。『それがいつも僕の問題なんだ』その言葉を聞いた時、自分はいったい何をやってるんだろうって、ものすごく恥ずかしくなったのよ」

それから、彼女の人生は一変した。

マリーヌは路上の出会いから数日のうちに、ウェールズを出てロンドンに向かった。

自分が情熱を持って一生懸命になれることを、もう一度探そうとしたのだという。

その時彼女は、もう思うように足は動かない、という現実を受け入れた。

「いくら頑張っても、世の中にはどうにもならないことがあるってことを受け入れるのが、自分の人生を生きていく第一歩なのよ」

マリーヌはそう言った。

それから、自分がこれからの人生でどうしたいのか、何をしたいのかを深く考えた。

「自分の情熱の向かう先を見つけようとしたの」

マリーヌの出した結論は、好きなものを捨てない、ということだった。

美しいものが好きだった彼女は、それを仕事にできないか方法を探った。

アルバイトをしながら、自分が持っているすべての知恵と人脈を使って、たくさんの人に出会い、話をしたという。

「正直、辛かったわ。でもね、そうやってもがいていると、誰《だれ》かが手を差し伸べてくれるものなの」

ある時、マリーヌは一人の女性と出会った。マーサという50代の女性だった。

彼女は〝アートメセナ〟というファンドで、芸術振興の仕事をしていた。

「〝アートメセナ〟っていうのはね、簡単に言うと、世界中の人たちに、アーティストの作品へ投資を呼びかけてる組織のことよ。そこでマーサは、投資者をより多く集めるために、プロジェクトをたくさん立ち上げて成功させていたの。私は成功の秘訣を聞いたわ。そうしたら彼女は『作る人の情熱と信念を信じているからよ』そう答えたの」

この出会いをきっかけに、マリーヌも〝アートメセナ〟で新人ファンドマネージャーとして働きはじめた。

芸術家たちと話し、作品に出資してくれるよう、いかにその情熱と信念を伝えるか。

それがマリーヌの仕事だった。

「美しいだけでは、お金は集まらないのよ。作品にどれだけ価値があるのか、それをいろいろな方法で伝えるの。そのうち仕事がうまくいくようになって、私はウェールズに帰ったの。そして、道ばたで描いていたマイケルの絵を仕事にしたのよ。ほら」

そう言ってマリーヌがバッグから取り出したのは、〝バレエナウ〟のチラシだった。

鮮やかな色彩で描かれた太陽と飛行機とライオン。その前でバレエを踊る黒人が描かれていた。

私は、特に細かく描かれた飛行機の絵に目がいった。何かを象徴しているような、独特でとても味のある絵だった。

「これってもしかして……」

「そう。ずっと道路で描いていたマイケルの絵よ」

マリーヌが私の目をまっすぐに見た。

「エレナちゃん、だっけ?」

「はい」

「人生なんて、何をしても過ぎていくのよ。あなたが、美しく、情熱の溢《あふ》れるものに囲まれて、自分の情熱に素直に、一生懸命生きていても、ゴミみたいな退屈さを感じながら、なんとなく生きていても、どちらにせよ、終わりはいつかやってくるのよ」

そう言ってにっこり笑い、「あと一本だけね」と、最後のタバコに火をつけた。


日本料理屋を出た私たちは、安曇さんから「自由行動だ」と言われた。

私は橋のふもとにいた。

なんていう橋か知らないけど、流れがとてもきれいで、じっと眺めていたのだ。

知らないうちに、後ろから安曇さんが近づいてきていた。

「やぁ、退屈な英玲奈ちゃん」

「うるさいわね……」

「ははは。しょうがないだろ、ほんとなんだから。で、何か感じるものはあった?」

夢中になるものを見つけるには、現実を受け入れて、必死になって探すっていうこと。

そう思ったけれど、答えなかった。少し、悔しかったのだ。

「まぁ、退屈さをかき消すには、自分が情熱を持てるものを探すことしかないからね」

私は聞いた。

「でも、見つけられなかったら？　どうするの？」

「まだ怖がってるな？　大丈夫。ゆっくりでいいから、情熱の対象を見つけるんだって思うだけで、毎日は劇的に変わるよ。もちろん、周囲の言うことなんか聞く必要はない。大切なのは、自分で見つけていくことなんだ」

安曇さんの話を聞いて、心に何かが灯《とも》ったような気がしたけど、それがなんなのかはよくわからなかった。


私たちは日本に戻ってきた。

また、インド人がユッコの太ももを盗み見てる。

それに気づいたユッコと愛子が仲良く笑ってる。

二人が私の顔を見てくる。

私は笑った。やっぱりなんとなく、二人の期待に応えるように笑った。

「ねえ、今日の合コン行くでしょ？」

「え？」

休み時間、愛子に言われて、私は聞き返した。

「いやだから、今日の合コン」

そんなの約束してたっけ？

「う、うん……」


私たちは、いつものように渋谷に向かった。

エクセルシオールカフェには、たくさんの女の子たちが集まってる。

トイレで私服に着替えて、合コン場所の居酒屋に入ると、もう相手は揃ってた。

その中には、カラオケで会った豆腐顔の二人がいた。

周りで、笑い声が響く。

私も笑った。でもだんだん、笑ってるのが苦しくなってきた。

ビアンカに盗撮されていた、あの自分の写真を思い出した。

隣に座ってる男が「タバコ吸っていい？」と言って、火をつけた。

そのタバコの匂《にお》いを嗅《か》いだ時、マリーヌを思い出した。

そしてあの時、私の心に灯《とも》った光が大きくなったような気がした。

私は立ち上がって言った。

「ごめん、私、帰るわ」

もうここにはいられないと思った。

「マジ?」

「うん」

「なんで?　楽しくない?」

愛子があわてたみたいに聞いてくる。

「ていうかさ、途中で帰るとかあり得ないんだけど……」

ユッコがちょっと不機嫌になる。

「ごめん。なんていうのかな……ほんと、ごめん」

それ以上は何も言わなかった。


私は居酒屋を飛び出して、道玄坂を下り、渋谷駅の交番を過ぎて、高架下をくぐった。

もう秋なのに、暖かい風を感じる。頭の上を通る列車の熱気かもしれない。

とても心地よかった。

もしかして、マリーヌが田舎からロンドンに向かった時も、こんな気持ちだったのかもしれない。

焦燥感と決意。

その二つで胸がいっぱいに満たされている。

私は走り続けた。

こんなに走るの、何年ぶりだろう。

明治通りを渡って、青山の方に力いっぱい駆け抜けた。

息を切らして、あるビルの前で立ち止まった。

建物の前の看板には、〝天野音楽専門学校〟とある。

息を整えてから、扉を開く。

「すいません！」

「はい。何か御用ですか？」

「あの……」

言いかけたところで、目の前のパンフレットに目がいった。

あった。

〝日本ピアノ調律学園〟

自分にはたぶん、プロになるだけの才能もないし、もう17歳。残念だけどピアニストとして人に感動を与えることはできないだろう。

だけど、情熱と魂を込めるピアニストの手伝いをすることならできるかもしれない。

きっと大変な道だと思うけど、でも、退屈に、愛想笑いを繰り返して生きていくのはもうやめよう。

受付の女性は、まだちょっと息を切らしてる私をしばらく見てから、柔らかく微笑んで、「どうぞ、お持ちになってください」と、そのパンフレットを渡してくれた。

そのツルツルとしたパンフレットの表面を触りながら、外に出た。

一駅歩いて帰ろうかな、私はそんなことを考えていた。

MISSION 3

ミッション3

「金」

―山田健介《やまだけんすけ》の場合―

まったくこの寒さ。

12月からこれじゃ、今年の冬はキツイな……。

オレは、何年も前に買ったジャケットを羽織って歩いていた。

さびついて壁がところどころ剥《は》がれ落ちた民家に入る。

八畳の部屋は、あいかわらずどよんとした空気だ。

部屋中に青年漫画と灰皿代わりの空き缶が散らばり、フェンダーの白いアンプの上には、まだ汁の入ったカップラーメンが置かれてて、中からカビくさい匂《にお》いがしてる。

いつものように男たちが数人、携帯電話を耳にあてて座り、ボソボソしゃべってる。

さらに床には、十台近い携帯電話が放り出されてる。

今では見なくなったモデルばっかりだ。

オレは、男たちの脇を通って、空いた場所に座り込んだ。

「おう、山田。最近来なかったじゃねぇか。何してたんだよ」

元締めの宮島がすぐに声をかけてくる。

中学時代からの知り合いだった。強面で、この街ではちょっと有名だ。

「すんません。いろいろあって……」

海外に行ってたなんて言ったら、面倒なことになる。

「まぁいいや。まず今日、一発目、ここに電話な」

「はい」

オレは宮島から一枚の紙を受け取った。

紙には、「小林信久、45歳　080-XXXX-XXXX」と書かれてる。

今日最初のターゲットだ。

オレは床に転がってる携帯電話から一台を拾い上げて、紙に書かれてる電話番号を押した。

着信音が四回鳴ったところで、男の声が聞こえた。

『はいぃ？』

まったく腑抜《ふぬ》けた声だ。

オレは落ち着いた声で言う。

「小林様でいらっしゃいますか？」

できるだけ感じのいい声を出す。

『はい、そうですがぁ』

今度は、キツい調子でいきなり切り出す。

「当社は調査会社です。クライアントの依頼によると、小林様がアクセスした有料サイトの課金分を滞納しているというんですね」

『え、ええ？』

不安そうな声だ。

まったくチョロい。

「今年の1月、アダルトサイト、見ましたよね。その料金のことです」

『いや、そのぉ、1月ってもうだいぶ前のことですし……。見たかもしれないけど、見てないかもしれないですし……。ちょっと覚えてないですねぇ』

オレは続けた。

「パソコンのIPアドレスってご存知ですか？　端末認証記録によってどの携帯、どのパソコンでサイトを閲覧したか、わかるんですよ。小林さんのパソコンからの閲覧履歴は間違いないんですよね」

『そ、そうなんですか』

相手の声が急に弱々しくなる。

「滞納金額は11万2500円」

『そ、そんなにぃ!?』

「サイトを運営している会社が、滞納者にたいして起訴を検討しているんです。どうされますか？」

それからはもう、その小林という男にとって地獄のような時間となる。

オレは、まるで呪《のろ》いの言葉のように「アクセスログイン」、「毎月自動更新システム」、「退会処理」、「実家に連絡」、「出廷命令」という言葉を電話越しに伝え続ける。

『わかりました。振り込みます……』

最後にそう言った小林に、オレは口座番号を伝えながら思った。

金は、金だ。

小林の泣きそうな声を聞きながら、ふと横を向くと、宮島がさらに数枚の紙を突き出していた。

それからオレは何十本か電話をして、数本の振り込みの確約を取りつけた。

上がりは振込額の三割。

結構いい稼《かせ》ぎになる。


バイトが終わって家に帰るとすぐ、酒の匂《にお》いがした。

きしむ階段を上りだすと、親父が声をかけてきた。

「なんだおまえ、帰ってたのか」

酔っ払ってて、呂律《ろれつ》が回ってない。

「悪いかよ」

「ふん、親に向かってなんだその態度は」

「うるせぇんだよ」

「おい」

「なんだよ」

「最近、お前、金回りいいじゃねぇか。どうせ変なバイトでもやってんだろ」

オレは毎月、家に金を入れてる。10万近くもだ。

誰のせいだ、ばかやろう！　お前の相手なんかしてられるか！


自分の部屋に入ると、弟の明徒がいた。

椅子《いす》に埋もれるように小さくなって座ってる。

「ただいま」

オレは明徒に言ったが、黙ったまま目を合わせようとしない。

ため息をつきつつも、オレは聞いた。

「で、今日も行くのか?」

明徒は小さく頷《うなず》いた。

明徒と一緒に外に出た時、もう夜の11時を過ぎていた。

二人並んでしばらく歩いていると、晃が住んでいるという巨大なマンションの横を通りかかった。

オレは、晃のことを思い出した。

あいつ、本当に変わった。

それに最近、廊下で専門学校のパンフレットを眺めてる神谷も見かけたけど、あいつも雰囲気が変わって、明るくなった気がする。

——でもオレには関係ない。

あいつらの言うことは、キレイごとだ。

安曇の言ってることじゃ、生活なんてできやしない。

オレは、横を歩く明徒を見下ろした。

今大切なのは、弟に恥ずかしい思いをさせないために、金を稼《かせ》ぐことだけだ。

それにしても、こいつが何を考えてるんだかわからない。

なんで、こうなったんだろう……。

明徒とオレの関係がギクシャクしはじめたのは、ここ最近のことだった。

一年くらい前、親父が飲み屋で派手な喧嘩《けんか》をやらかして、警察に捕まった。

もともと親父はクズ野郎だ。カッとなると母親を殴り、仕事場でもすぐに喧嘩してクビになるようなやつだ。

みんなで落ち着いて暮らした記憶なんて、ほとんどない。

家計は、オレと母親が支えていくようになった。

オレは最初、夜の建築現場でバイトした。時給1200円。

小遣いとしては悪くない額だが、親子四人の生活費としては限界がある。

オレが宮島のもとを訪れたのも、そういう事情があったからだ。

宮島のところでバイトをするようになって、月に平均15万は稼《かせ》げるようになった。多い時は、20万近くになることもあった。

その金で、オレは明徒に必要なものを買ってやった。参考書、バスケットボール、靴、洋服。

明徒が嬉《うれ》しそうな顔をすると、オレも幸せな気分になった。

だけどそれと同時に、自分の生活が荒んできてるのもわかってた。

宮島に付き合って酒を飲みはじめ、タバコも吸うようになった。

それに、宮島が言うように、詐欺《さぎ》だろうと金は金だと言ってみても、なんだか、黒くて重たいものが胸にたまってるような気がしてならなかった。

でも、生活のことを考えたら、そんなの大したことじゃない。

そう思ってオレは詐欺を続けてる。

けど数か月前、突然、明徒が「もう何もいらない」と言い出したのだ。

「なんでだよ」

オレは聞いたけど、明徒はただ「買ってもらいたくない」と言うだけだった。

そこから、オレたちはギクシャクしはじめた。

明徒が今までよく話してた学校のことや友達のことをしゃべらなくなり、オレが何を買ってやっても、まったく手を触れなくなった。

そのころ母親も、パートの他に夜の居酒屋で働きはじめた。

今オレたちが向かってるのは、その居酒屋だ。

明徒が、母親を迎えに行きたいと言い出したのだ。


二人とも無言で歩き続け、この街で唯一の酒場にたどり着く。

活気のない商店街だが、この一画だけ、夜は賑《にぎ》やかになる。

一軒の居酒屋の前、オレはガラス扉の上の方から中を覗《のぞ》き込んだ。

まだ母親は働いていた。

「もうちょっとかかりそうだな。寒いだろ。帰るか?」

肩を縮めている明徒にそう言うが、黙って下を向いたままだ。

地面を見つめるその姿に、なんだかオレに対する軽蔑《けいべつ》のようなものを感じて、オレは、ものすごく怖くなった。


オレたちが無言で居酒屋の向かい側に立ってると、扉が開いて男が出てきた。

ずいぶん酔ってるみたいで、千鳥足だ。

そのサラリーマン風の背の高い男は、テレビで見るコントみたいに、ネクタイを頭に巻いて、押し寿司のような土産物をぶらさげてる。

今時あんなやつ、いるか？　それに、なんでこっちを見てるんだ。

そう思った時、「携帯、光ってるよ」と明徒に言われ、オレはポケットから携帯を取り出した。

めずらしくメールがきていた。

差出人を見ると、安曇とあった。

オレは、ハッとして店の入り口を見た。

さっきまで酔っ払ってふらついてた男が急にシャキッとして、モデルのような歩き方で夜の街を去っていった。

「マジかよ……」

オレは呟《つぶや》いた。


翌日の夕方。

もうすぐ5時だ。気が重い。

まず間違いない。次はオレの番だ。

時間ギリギリに第5理科実験室のドアを開けると、もう晃と神谷が来ていた。

楽しそうにしゃべってる。

そりゃそうだ。この二人はもう片付いたんだからな。

その横にちょこんと哲夫が座ってて、めずらしくビアンカが壁際を離れて立っている。

しばらくして、安曇が奥から出てきた。

あくびをしながら歩いてくる。あいかわらずのんきなやつだ。

「やぁどうも。みんな元気だった？」

安曇は言った。

「英玲奈、なんかいいことあった？」

「え？　いや……別に」

神谷はそう言いながらも、楽しそうだった。充実してるようにも見える。

「さぁて、今日は誰《だれ》かね？」

安曇がそう言うと、ビアンカが分厚いファイルを取り出した。

オレはつばを飲み込んだ。久しぶりに緊張して、体中から嫌な汗が出てくる。

ビアンカの口から出てきた言葉は、オレの予想通り。

「山田健介、16歳。身長１８５センチ……」

うなだれた。全員がオレを見てるのがわかる。

見るなチクショウ！

ビアンカは続けた。

「強面で人から恐れられてもいるが、女性には比較的好感度が高い。神谷英玲奈の友人のユッコ、愛子ともに山田に好意を持っている」

「もてるねぇ」

安曇が言う。

「本当よ。山田君、モテるんだよ」

神谷がそう言う。

「しかし、本人は女に興味なし。だから彼女がいたこともなし」

「ええ、そうなんだぁ。もったいない」

神谷が笑う。

うるせぇ。オレは顔をしかめた。

「父親は無職。母親は昼間はスーパーでレジ打ち、夜は居酒屋で働いている。山田も半年前までは土木作業で家計を助けていた。弟想い。毎日一緒に母親の帰りを待っている」

「へぇ。見かけによらないいんだね」

晃が楽しそうに言う。

顔が赤くなるのがわかった。やめろってんだ。

しかし、ビアンカの話が止まることはない。

「一年ほど前に、父親がアルコール中毒症になってから、山田は建築現場のアルバイトを辞め、今は、宮島光、19歳が総括する詐欺《さぎ》グループから金を得ている。グループは約八人で構成され、あらゆる詐欺を行っている。山田健介の売り上げはかなりいいほう」

「え、さ、詐欺?」

驚いた顔で、晃がこっちを見てくる。

「なんだ、いい人だと思って損したー」

神谷の視線に、明徒と同じ軽蔑《けいべつ》が混ざってるような気がした。

チクショウ！　なんでオレがこんな目に合わなきゃいけないんだ！

そういえば、神谷の家は会計事務所だっけか。

貧乏のビの字も知らないやつに、責められる筋合いはない。

「——そして現在、弟との関係が悪化中」

ビアンカは、報告結果を明徒との関係で締めくくった。

安曇がじっと見つめてくる。

「なるほど。君には悪い知り合いがいるんだな」

「別にいいだろ」

オレがそう言うと、安曇は鼻で笑いながら、

「別にいいけどさ」

と、サラッと言った。

「詐欺《さぎ》をしてる時、どんな気持ちだ？」

「別に、そんなこと言う義理はねぇよ」

「なるほど」

神谷と晃、そして哲夫の三人の顔が曇ってる。

罪悪感に包まれそうになる。なんだよ、オレが悪いのかよ。

オレは、だんだんヤケになってきた。

「なんだよ、みんなして変な顔しやがって。別に、金は金だろ？　稼《かせ》がなきゃならないん

だから。違うかよ」

「本当は、どう思ってるんだ？」

安曇はじっと、オレのことを見つめたままだ。

「本当にそう思ってるのか？」

「もちろんだ。オレは自分がしてることを悪いとは思ってない」

口の中が乾いてきた。

なぜ、オレはこんなことを話してるんだ。

なぜ、ぶちまけたいと思ってるんだろう。

卒業できないから？

いや、そうじゃない――。

「弟くんとの関係は、なんで悪くなってるんだと思う？」

「知らねぇよ」

「わからないか」

「あぁ、わからないね」

「たぶんだけどさ、弟くんは気づいてるんだよ、君の変化に」

「変化？」

「そう。オレたちのように付き合いが浅いとわからないかもしれないけど、弟の明徒くんみたいに、近い人間には結構わかるもんだぜ」

「何がだよ」

「顔、さ」

「顔？」

「お前の顔、今すごい荒んでるよ。そう思わない？　この写真見て」

そう言って安曇が取り出したのは、数枚の写真だった。

あの部屋で電話をしてる時のオレと宮島の写真。

いつの間に撮ったんだろう。

宮島は、歯をむき出しにして笑ってる。

オレの顔は……怒ってるような顔だった。

オレは稼《かせ》いでるだけだ。

汚い金だって生きていくためには大切なんだ。

関係ねぇじゃねぇか。

「君の弟は、きっと正直なんだ。君がどうしてそんな顔をするようになったのか感づいて
て、それを隠すことができないんだ」

「それでも……」

オレが口を開こうとすると、安曇が聞いてきた。

「大切な人よりも、金の方が大切か?」

「大切なものを守るために金がいるんだから、大切だろ」

「どんなことをしても、か?」

「そうだ、どんなことをしてもだよ」

そうだ。オレは、間違ってなんかいない。


「よし、いいよ。ビアンカ、車出して」

まただ。今度はどこへ行くってんだ。

オレ以外の三人は、旅行鞄《かばん》を用意してきていた。

「今回はどこに行くの?」

神谷が聞くと、安曇は「ニューヨーク」とそっけなく言った。

真っ黒いフェラーリの独特のエンジン音が、グラウンドから聞こえた。

オレたちは、時速140キロで成田空港に向かった。


成田から14時間。オレたちはニューヨークのニューアーク・リバティ空港にいた。

身が切れそうな冷たい空気と、強い太陽の日差し。変な天気だ。

神谷が一人ではしゃいでる。

「すごい、ここがニューヨークかぁ」

「よし、行くぞ」

オレたちは安曇の後について、空港から大型タクシーに乗った。

50分くらい走って、マンハッタンの中心に到着。

ここから地下鉄で南に下ってセントラルパークへ。

もっと南下して美術館やギャラリーを通り過ぎ、高級ブランドの店が集まるソーホーを過ぎても、オレたちはまだ南に向かっていた。

「観光できないの？」

「終わったらな」

グランドセントラル駅からさらに南へ30分ほど地下鉄に乗って、ワールドトレードセンター駅に到着した。

ここは、２００１年のアメリカ同時多発テロで爆破されて崩れ落ちた、二本のセンタービルの跡地だ。

すでに新しいビルが建設されていたが、今も花を手向ける人たちがちらほら見える。

テロの犠牲になった人を奉ったモニュメントを通り過ぎたところで、「腹減ったろ？」

と安曇が言った。

オレたちは高層ビルの間に建つ、小さいビルの五階のハンバーガー屋に入った。

「あれ？　今日はここなの？」

晃が言う。

「いや、別にいいんだけど、いつもは高級レストランとかなのにと思って」

「たまにはいいの。お前らだってハンバーガー大好きだろ？」

哲夫が一人だけ、頷《うなず》いた。


オレはハンバーガーを食べながら、窓の外を眺めた。ビルばっかりだ。

オレが眺めてると、安曇が「あれがウォール街だ」と言った。

ウォール街、聞いたことがある。

巨大なビルの中央に、星条旗がはためく立派な建物が見える。

「あそこが、世界中の金が集まるニューヨーク証券取引所だ」

安曇がその建物を指して言った。

オレたちがハンバーガーを食べてる間に、通りにどんどん人が集まってきていた。

何かあるのか？

「なんなのあれ？」

No
NO
No
No

神谷が目を大きくして下の方を眺めている。

みんなプラカードのようなものを持って、揃って歩きはじめたのだ。

「あれはね、デモだよ」

ニューヨーク証券取引所に向かって、何百人という人たちが列を作ってる。

マンハッタンの南にあるブルックリンを繋《つな》ぐ橋にも、人が押し寄せてる。

ものすごい光景だ。

安曇が言った。

「2010年、中東で〝アラブの春〟というデモが起きたんだよ」

ニュースで見たことがある。チュニジア、エジプト、リビアで大きな政権交代が起きたやつだ。

デモはネットの呼びかけで中国でも起きたし、ウォール街にも若い人たちがたくさん集まってきたことも聞いた気がする。

「何度鎮圧されても、こうやってデモを続けてるんだよ」

彼らはプラカードを上げて、何かを叫んでいる。

英語だし、遠くから見てるオレたちには聞こえないけど、彼らのエネルギーは確実に伝わってきた。

なんて言ってるのか、オレはすごく気になった。

オレたちがその光景を見ていると、後ろで扉が開く音が聞こえた。

振り向くと、薄汚れたジーンズにTシャツを着た、30代くらいの男が立ってキョロキョロしていたが、オレたちの方を見ると近づいてきた。

なんだ、こいつ。


男はオレたちのところまで来ると、いきなり一緒のテーブルについた。

そして、安曇に向かって「よう!」と言った。

「よう、元気か?」

と、安曇も返した。

「何年ぶりかな」

「どうだろうなぁ。全然覚えてないよ」

安曇は笑いながら答える。

「あいかわらずだなぁ。まだ、変な先生をやってるの?」

変な先生というビアンカの翻訳に、神谷と晃が笑った。

「変な先生じゃないよ。れっきとした生活指導員だよ。まぁいいか。あ、この子たちがオレの生徒だからね」

安曇がそう言うと、

「オレはティン・レック。よろしく」

と握手を求めてきた。

「レックはタイ人なんだ。今はアメリカに住んでるんだけどさ」

安曇の言葉を聞きながら、オレはため息をついた。

どうやらこいつが、オレの担当のようだ。

その男も一緒に全員でハンバーガー屋を出ると、デモの流れに入っていった。

スーツを着ている安曇は、どうやらウォール街の人間に間違われたらしく、周りから中指を立てられていた。

レックと安曇は否定する様子もなく、その中を突っ切っていく。

オレたちはその後ろをついていった。

気がつくと、オレの隣を歩くレックにみんなが声をかけていく。

有名人なのか？

デモ隊と一緒にしばらく歩くと、さっき遠くに見えたニューヨーク証券取引所の前に来ていた。

その時、レックが止めてあるＢＭＷを指差して、オレに聞いてきた。

「君、ＢＭＷ、好きか？」

「いや」

フェラーリは好きだが、ＢＭＷは好きじゃない。

「そうか……」

なんだこいつ、急にそんなこと聞いてきて。変なやつだな。

「ＢＭＷは昔、オレの中で一番の憧《あこが》れだったんだ」

「憧れ？」

いきなり何を言い出すんだ？

「おまえ何歳だ？　17か、18だろう。オレはその歳まで、タイのバンコクに住んでたんだ。バンコクにはバイヨークタワーっていう街で一番高いビルがあって、そのてっぺんに何十年もＢＭＷ7シリーズの広告が出てるんだ。その場所をずっと、ＢＭＷ社が買ってるんだよ。新しい車が出るたびに、そこにでかでかと写真が飾られるんだ。だからそのころのオレにとって、ＢＭＷは金持ちの象徴だったんだ」

レックは急に話しはじめた。

安曇とビアンカ以外の連中は、デモの列に紛れてしまった。

ビアンカはオレの隣にピッタリ張り付いて通訳してる。

「なんでそんな話するんだよ」

「いいだろ。ちょっと話させろよ」

オレとレックは横に並んで歩いた。

デモの参加者が、あいかわらずレックとオレに声をかけてくる。

レックは、その一人一人に頷《うなず》きながら、話を続けた。


「とにかく、あのころのバンコクでは、BMWは一番光り輝いていたんだ」

レックが懐かしそうに言うと、前を歩いてた安曇が後ろを振り向いて言った。

「バンコクにはね、二種類の道路があるんだ。一つは〝タノン〟と言って大通りのこと。もう一つは、そのタノンから小枝のようにわかれてる〝ソイ〟っていう小道。タノンには、たくさんのショッピングモールやオフィスビルが並んでるけど、ソイには、スラム街しかない」

「そう。で、オレはスラムで育ったんだ」

そうレックが言う。

「路上には、顔を真っ黒にしたホームレスがわんさかいるんだよ。オレのお袋もその中の一人で、タイの伝統工芸の売り子だった。って言っても、一つ1ドルもしない安物で、ろくに金にならなかったけどね。でもお袋は、絶対に詐欺《さぎ》はしなかったんだ」

詐欺という言葉にドキッとした。

「それに、体が不自由なのを理由に金を得ることもしなかった。スラムの連中の中には、障害をネタにするやつもいる。足が悪い、目が悪い、耳が悪い。同情で金をもらうんだ。だけど、お袋は絶対に許さなかった」

「あんたはどうだったんだ?」

「しようとしたことは何度もあったよ」

オレの質問に、レックは苦笑いしながら答えた。

そうだよな。手っ取り早いもんな。

「万引きや、観光客を騙《だま》したり、目が見えないふりをして金を稼ごうとしたんだ。でもそのたびに、お袋に猛烈に怒られた。『どんなに辛くても人を騙して悪運を掴《つか》むな』って。『人を騙して得た金は汚い。汚い金を掴んだら一生〝汚い金の螺旋《らせん》〟から抜け出せなくなる』ってね」

「汚い金の螺旋?」

オレは聞き返した。ビアンカの翻訳ミスかもしれない。

「そう、汚い金の螺旋さ。最初はオレもなんのことだかわからなかった」

レックは笑いながら言った。

オレたちはレックに連れられて、ニューヨーク証券取引所の中に入った。

レックが守衛としばらく話をすると、なぜかオレたちを入れてくれたのだ。

中には、パソコンが何十台も並んでいた。モニターでは棒グラフが乱立して、数字が点滅しながら変化している。

「何これ?」

神谷が聞く。

「これは、世界のお金の価値を指数化したものさ」

「へぇ、こんなにピコピコ変わるの?」

「不思議だろ?」

「うん」

「金のことって、結構わからないもんだよな。オレは貧乏だったから、どうにかして金が儲《もう》かるしくみを知ろうとしたんだ」

「どうやって?」

「必死に勉強したんだよ」

当時12歳だったレックは、母親の言う通り地道に金を稼《かせ》いだ。

そしてその金を少しずつ貯めて、金儲《もう》けについて書かれた本を買った。

「スラムの生活から抜け出したくてね。オレは読んだことをどんどん覚えていった。で、だんだん、金儲けの世界に魅了されていったんだ」

チャンスがきたのは、レックが18歳の時だったという。

アメリカからバンコクに旅行に来ていた民主党の政治家に取り入ったレックは、その紹介でアメリカの証券会社の紹介状をもらった。

もちろん、普通ではありえないことだ。

レックの金融知識と英語のレベルがもたらした一発逆転劇だった。

「アメリカに渡って働きはじめたオレは、毎日この証券取引所に来て、いろんな金融商品を売り買いしたんだ。さっきオレらを入れてくれたマイルスっていう守衛は、20年来の友達なんだぜ」

それからレックは、証券業界で自分の金融理論と哲学を確立していったという。

「哲学?」

オレは聞いた。

「金と世界の関係を、自分なりに説明づけたんだ。例えば、金っていうのは何で動くか知ってる?」

何で動く? オレは答えられなかった。

「情報だよ。そして情報の良し悪しというのは、信用でつながってる。つまり、信頼のおける情報が世界の金を動かしてるんだ。そういうルールみたいなものを確率していったんだ」

確かに、レックの言う通りだ。

人を騙《だま》す時に、信頼は存在しない。

「そしてオレは、金融の世界で絶対的事実を知ったんだ」

レックが真剣な顔で言った。

「得をした人間がいれば、どこかで、マイナスのしわ寄せが起こってる。スラム街は、まさにそのマイナスの巣窟《そうくつ》だ。スラムで育ったオレは、その事実を体で知ってた。だからオレは、どんなことをしても、もうマイナス側にはならないと決意したんだ」

オレは、モニターで動いている折れ線グラフを眺めていた。

多くを得るものもいれば、マイナスに押しやられるものもいる。

そして、マイナス側の人間はどんどん落ちていく。

その構図は、今のオレそのものだ。

「オレは客にどんどん商品を勧めて、とにかく金を稼《かせ》ぐことに没頭した。金融商品ていうのは、基本的に客が儲《もう》かろうが儲かるまいが、売り買いをした回数分、こっちに手数料が入る。ニューヨークには800万人の人間がいて、誰《だれ》もが金を欲しがってる。だから、客なんて無限にいて、いつでも、いくらでも金になると思ってた」

レックの話は続いた。

「だけど、一人だけ、金なんて関係ない、特別な人がいたんだ。誰にでも、特別な人っているだろ？　その人は、ケイっていう韓国籍の70近いおばあさんだった。旦那《だんな》に先立たれて、莫大《ばくだい》な遺産を受け継いだけど、金のことなんか何も知らなかった。オレはなぜか、すごく仲良くなってね。ケイのところによく銀行や業界のやつらがカモ扱いして来てたけど、オレは彼女を守ってたほどだったよ」

「なんでそんなことまでしたんだ？」

「たぶん……」

レックは言った。

「お袋に似てたんだよな」

人を騙《だま》して金を稼ぐレックの生活は、どんどん荒れていったという。

そして4年後、事件は起きた。

レックの昇格と同時に、ノルマが急激に上がった。営業成績のホワイトボードを見て、レックはそのノルマの高さに愕然《がくぜん》としたという。

「どうしたらいいか、わからなかった。そんなことは、はじめてだった」

レックはケイの家に行き、事情を話した。

「『困ってるのね？』ケイはそう聞いてきた。オレの手には、ある金融商品のパンフレットがあった。当時はもう誰も手をつけてなかったベトナムの投資信託商品だ。業界で、詐欺《さぎ》まがいの商品だということは有名だった。でも、売れれば手数料がでかいことでも有名だった」

「なんでそんなもの持ってたの？」

神谷が顔をしかめて聞いた。

おれは思った。売ったんだ。

ケイを、騙《だま》したんだ。

「オレは、ケイなら買ってくれるとわかってたんだ。大切な人を騙すなんて、この人だけは騙すなんてできないと思ってたのに、オレはそのパンフレットをケイの目の前に置いたんだ」

「買ってくれたのか？」

オレはレックが話すのを待ってられなかった。

「あぁ、何も言わずに買ってくれたよ。でも……」

「なんだよ」

喧嘩腰《けんかごし》で聞く。

「オレを憐《あわ》れむようなケイの目。それが悲しかった。その時、オレは終わったんだ」

ケイを騙《だま》してからというもの、レックは罪悪感を微塵《みじん》も感じなくなった。

成績はうなぎのぼりに上がり、ホワイトボードでは常にレックがトップだった。

しかし数か月後、突然レックは金融商品取引法違反で逮捕された。

同僚の密告だった。しかも、仲がよかったやつだった。

運が悪かったんだ……オレはそう思ったが、レックはオレを見て言った。

「会社をクビになって、業界からも追い出されて。その後さ、ケイに謝りに行ったんだよ。許してもらえるかわからなかったけど、そうしないではいられなかった。彼女は変わらなかった。優しく笑いながら『奪おうとした人は、奪われてもしかたないのよ。でも、それに気がついた人はいつでもやり直せるわ』そう言ったんだよ。オレは、お袋のことを思い出した。汚い金の螺旋《らせん》。その時やっと、お袋の言ってたことが理解できたんだ」

オレは黙っていた。

「汚い金には、悪いことがついて回る。汚いやり方で金を得た悪いやつは、同じように悪いやつから金を取られるのさ」

デモの人数はさらに増えていた。何列にもなって、道が埋め尽くされている。

オレはデモ隊を見た。プラカードには〝we are 99%〟という文字が書かれている。

みんながまたレックに挨拶《あいさつ》をしてくる。

レックは笑顔で一人一人に挨拶を返していた。


レックに別れを告げ、オレたちはマンハッタンの中心部に戻ってきた。

最後に、レックはオレに言った。

「あの体験で、オレは本当に大切なことを学んだ。行き過ぎた儲《もう》け主義や金への執着は、人間らしさも信頼も無くす。そして、そうなってからでは遅いんだ。みんなにそれを知ってほしくて、オレは今、こうやってデモを率いてる。人の価値観を変えるのは簡単なことじゃないけど、昔のオレのような人間を、少しでも減らすことはできるかもしれない」

チャイナタウンのジョーズ・シャンハイという中華料理屋に入って、有名な小籠包《しょうろんぽう》を食べる。

みんなうまそうに大きな小籠包を口に運んでるが、オレは食べる気になれなかった。

レックの言った、汚い金の螺旋という言葉が忘れられなかったのだ。

安曇が声をかけてきた。

「どうだったよ?」

オレは答えない。

明徒の目が思い浮かぶ。

あいつはきっと、オレが汚い金の螺旋《らせん》に入り込んでいるのを感じてるから、あんな態度をとるようになったんだろう。

安曇には、それがわかるんだ。

「あのな」

安曇が話しはじめた。

「汚い金で多くを所有してもさ、尊敬はされないんだよ。むしろ軽蔑《けいべつ》されるな。それは、人の人生を壊しちまうほど強烈な意識だ」

「……どうしろってんだよ」

オレは言った。

「別に、君次第だけどさ。でもどうせだったら、人を喜ばせて、感動させて、感謝される、そんな金を手に入れれば？　相手の気持ちが自信につながって、もっと仕事に磨きをかけようって気になる仕事をするんだよ。そうすると、尊敬もされるようになる。汚い金の螺旋があるなら、これがまぁ、きれいな金の螺旋だな」

日本に帰ってきてすぐ、明徒の様子を見に母親が働く居酒屋に向かった。

明徒はいつもの場所で一人で待っていた。

声をかけようとして、止めた。

その前にやらなきゃいけないことがある。


オレは、宮島の家に向かった。

部屋に入ると、いつもと同じように、携帯で電話をかけてる男たちがいた。

それぞれ、機械のように同じ言葉を繰り返している。

「アクセスログイン」、「毎月自動更新システム」、「現金」、「実家」、「出廷命令」……。

ロボットのように、みんな同じ、覇気《はき》のない顔で。

オレはレックの話を思い出していた。

奥から宮島が声をかけてきた。

「おう、山田。どうしてたんだ。心配したんだぞ」

そう言って手招きして、別の部屋に連れていかれる。

「で、今日から復帰か？」

タバコのヤニで黒くなった前歯を見せて笑う。

気持ち悪い。

「じゃあ、早速これな」

宮島はコーヒーと一緒に、男の名と携帯番号が書かれた紙を差し出してきた。

オレはその紙を受けとらずに、宮島の顔をまっすぐに見て言った。

「オレ、辞めます」

「あぁ！」

それまで笑っていた宮島が、急に怒声を飛ばした。

「できないです」

汚い金ときれいな金のことは、言わなかった。

「おまえんち、貧乏なんだろ？　儲けなくてどうするよ！」

「すいません」

「何言ってんだ！」

宮島は立ち上がり、手を振り上げた。

オレは覚悟をして、目をつぶった。


オレは夜の通りを急いでいた。

頬《ほほ》がはれて顔が熱を持ってるし、頭の奥が痛かった。

でも、気分は悪くなかった。というか、ものすごくスッキリしてた。


居酒屋の前に着くと、まだ明徒が立っていた。

「よぉ」

声をかけても、明徒がこっちを向くことはない。

でも今日は、めずらしく聞いてきた。

「ここ最近、どこ行ってたの?」

「バイト」

嘘《うそ》をついた。

明徒がこっちを見た。

はれて赤くなった顔に、驚いたような顔をしてる。

そこに、あの軽蔑《けいべつ》の視線はない。

いや、気のせいかもしれない。

そんなすぐに何かが変わることなんて、ないのかもしれない。

だけど、何かが変わったような気がしたんだ。

明徒の腹が鳴った。

「腹減ったか?」

「うん……」

オレは途中で買ってきた肉まんを明徒に差し出した。

明徒は小さな手で肉まんを掴《つか》むと、勢いよく食べはじめた。

大丈夫だ。

オレは明徒を見ながら、そう思った。

MISSION 4

ミッション4
「幸せ」
ー篠《しの》田《だ》哲《てつ》夫《お》の場合ー

夜中の2時を回った。

辺りは真っ暗だ。けど、部屋の中には、闇を照らす光がぼんやり灯《とも》ってる。

窓の外に揺れてるものがあるけど、あれはビアンカじゃないと思う。

隣の家の庭に飾られてる大量の鯉《こい》のぼりだ。

風が吹くと、立派な鯉のぼりがぶつかり合って音を出す。

なんであの家、一年中鯉のぼりを出しっぱなしなんだろう。

まぁそんなこと、どうでもいいか。

ぼくはベッドの中で静かに夜を過ごす。

布団の中にはノートパソコンがある。ソニーのバイオ。

ぼくの腕の中でウィンウィンと音を立てている。電源をつけておくとほのかに暖かくて、お腹にその暖かさが伝わってくる。

それがなんていうか、とても気持ちいい。


もう1月。受験シーズン真っ最中だ。

ほとんどのクラスメートは進路が決まってる。

それは神谷さんや晃くんも同じだった。

山田くんはどうか知らないけれど、きっと何か考えてるんだろうな。

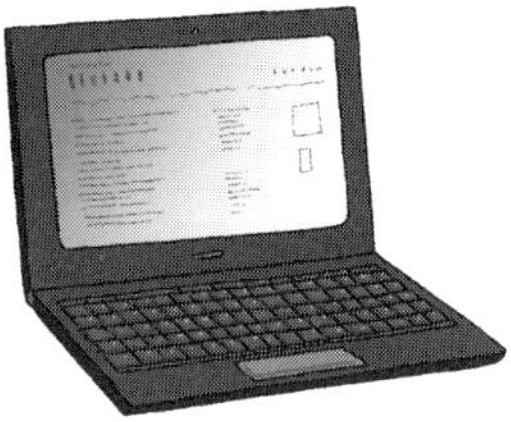

ぼくだって考えてる。でも、考えようとすると頭が痛くなってくる。

しばらくベッドの中でゴロゴロしてると、バイオの電源が切れた。

それを機に、ぼくはベッドから起き上がった。

机の上のラップトップパソコンを開く。

掲示板を覗《のぞ》くと、ネットの住人がいつもの調子でネタを書き込んでいた。

社会批評家気どり。自虐ネタ。右翼的発言などあいかわらず。何も変わらない。

この中で将来を考えてる人たちは、いったいどれぐらいいるんだろう。

しばらく掲示板を眺めたあと、お気に入りをクリックし、トップにある〝イエナガキコの【キコ暮らし】〟というブログを開いた。

いつ見ても変わらないブログだ。最後の更新日は、もう2年も前。

『なんだか、ずっと不安感に襲われている。なんとかしたいけど、何に対して不安なのか、それすらもわからない。ただ何かが怖くって、涙が出てくる』

胸《むね》が締めつけられた。


イエナガキコ。

世の中の人がどういう感情を恋と呼んでるのかわからないけど、きっとこれは、ぼくにとって、恋なんだと思う。


イエナガキコと出会ったのは4年前。中学2年生のころだ。

そのころ、ぼくは突然いじめにあった。本当に突然だった。

両親が離婚して、お母さんが出て行ってしまって、ぼくはすごく混乱してた。

でもそれがいじめと関係してるのか、ぼくにはわからない。

パソコンを買ったのも同じころだ。

いじめられて帰ってきた時、近くの家の門のところに、パソコンが捨てられてるのを見つけた。

現実から逃げたくてしかたがなかったぼくにとって、そのパソコンは、何か別の世界への入り口のような気がした。

ぼくは、それまで貯金していたお年玉24万円で、当時最高スペックのコアi5のバイオを手に入れた。1年分のネット回線料も自分のお小遣いから出した。

最初は掲示板でニュースを読んだり、投稿動画を見ていた。でもネットを見る時間はどんどん長くなって、そのうち、ぼくは学校に行かなくなった。

一人、家の中で、無心にマウスを動かした。

ネットの世界は、現実なんかよりずっとおもしろかった。

題材はなんでもアリだ。社会、宗教、民族問題、引きこもり、ワーキングプア、ネットカフェ、美少女……いろいろなタグが並び、スレッドが立てられる。

生産的ではない？　そんなこと、言われなくてもわかってる。

それでもネットの住人は、とにかくネットを続ける。

目が疲れて、肩や頭が痛くなっても続けるんだ。

そこにしか、世界がないんだから。

そう、あの時からネットは、ぼくの世界そのものになった。

ネットの世界があれば、もしかしたら、他は何もいらないかもしれない。

そう思ってた。

そしてある日、その世界で、とても輝かしい言葉を見つけた。

それが〝イエナガキコの【キコ暮らし】〟だった。

そのブログに行きあたった時、何かを感じたんだ。

一般的な無料のブログパーツを使ってたけど、その配列、フラッシュ動画の使い方が鮮やかで、デザインにはきわどさと切迫感があって、ものすごく惹《ひ》かれた。

イエナガキコも、ぼくと同じくいじめられていたようで、ブログには切実さが滲《にじ》み出ていた。

ぼくはそのブログを読んで、勇気を出して一度「自分もいじめられている」とコメントしてメールアドレスを書き込んだ。

すると数日後、イエナガキコからメールが返ってきた。

その時から、ぼくらの交流がはじまったのだ。

ぼくらは毎日のようにメールをした。

イエナガキコの口癖は、「なんかおもしろい話をして」だった。

引きこもってるぼくに、おもしろい話なんかあるわけなかったけど、ぼくは必死になって、彼女のために毎日、短い物語を書いた。

イエナガキコは、ぼくの妄想に近い話を楽しんでくれた。

ぼくは、彼女を楽しませることに、喜びを感じていた。


高校に入ると、いじめはなくなった。

別に人気者になったわけじゃないけど、クラスにも数人の友達ができたし、誰《だれ》かの家に呼ばれたりもするようになった。

そして、イエナガキコとのメールの回数が少なくなった。

ある日、イエナガキコのメールアドレスが削除されていた。

ブログの更新もなくなった。

『なんだか、ずっと不安感に襲われている。なんとかしたいけど、何に対して不安なのか、それすらもわからない。ただ何かが怖くって、涙が出てくる』

その言葉を残して。


ぼくは、イエナガキコとずっと繋《つな》がっていられるような気がしてた。

だけど、イエナガキコは、突然ぼくの世界からいなくなった。

イエナガキコと連絡を取れなくなってはじめて、ぼくは彼女の存在の大きさに気づいた。

大切な人を失うと、人は絶望するんだ。


今、彼女の存在を感じ取れるのは、この更新されていないブログだけだった。

だからぼくは今でも、〝イエナガキコの【キコ暮らし】〟を見る。
このＵＲＬが消えたら、ぼくとイエナガキコの繋《つな》がりは完全になくなる。
そうしたらどうしよう。
ぼくが彼女にしてあげられることは、一生、何もなくなるのだ。

ぼくはブラウザを消し、それから、〝文〟という名前の秘密のフォルダを開いた。
ぼくの日課だ。
フォルダをダブルクリックしようとしたその時、後ろでゴトンッと音がした。
振り向いてドアの方を見る。
お父さんだ。ぼくはそう思った。
たまにお父さんは、夜食を部屋のドアの前まで運んでくれる。
メニューはいつも、卵焼きとブロッコリーとおにぎり。
ぼくはドア越しに、声をかけた。
「マヨネーズ、かけてくれた？　塩じゃなくて」
「かけたよ」
ドアの向こうから、そう答えが返ってきた。
え？　不思議に思った。

声がいつもより高いし、そもそもお父さんは、ブロッコリーには絶対にマヨネーズをかけてくれない。ぼくはマヨネーズが大好きなのに。

おかしい。ぼくはそっとドアを開けた。

すると、見覚えのある青い瞳がこっちを覗《のぞ》いていた。

「うわ!」

驚いて後ずさった瞬間、机の上の携帯が鳴り、メールが届いた。

見なくてもわかる。間違いなく安曇さんからだ。


第5理科実験室。

ぼくらはもう、この部屋にずいぶん慣れていた。

5時までは眠ってるらしい安曇さんが、のそっと起き上がってくる。

夏でも冬でも、ジャケット、ベスト、帽子というスタイルは、絶対に崩さない。

「ねえ、その服ってさ、何枚も持ってるわけ?」

そう神谷さんが聞くと、

「20着ぐらいかな。おんなじの持ってるよ」

ケロッとした顔で、安曇さんが答える。

神谷さんがあきれたような顔をする。

でもそこには、なんだか少し優しさも混じってるみたいだ。

最近、山田くんも晃くんも、変わってきてるのがわかる。

変わってないのは自分だけ？

でもぼくは、変われるんだろうか？

変わりたい気持ちはある。でも、まるで自信がなかった。

「さて、最後はもちろん哲夫だな」

「はい……」

「はじめるぞ。みんな座ってくれ」

ビアンカの調査結果。

テストが返ってくるよりも何十倍も怖い。

何が書かれてるか、まったくわからないから……。


ビアンカが、例の調子ではじめた。

「篠田哲夫について」

「はぁ……」

ぼくはため息をついた。

「篠田哲夫。身長１５４センチ、体重54キロ。50メートル走は、最速で12秒29。女子並み。勉強は赤点を取る確立68%。もと引きこもり。一日のネット使用時間は平均して６時間」

「６時間！」

晃くんが大きな声で言った。

「６時間て……なんでそんなに？」

神谷さんも聞いてくる。

「い、いや。なんだっていいじゃないですか」

６時間なんてそんなに多くない。

「ていうか、引きこもりだったの？」

「まぁ、最後まで聞こうぜ」

山田くんが二人を制した。

他のみんなと同じく、ビアンカの綿密な調査報告は続いた。

「篠田哲夫は家でのほとんどをベッドで過ごしている。両親は離婚。母親が家を出ている。郵便局員の父親は、夕方６時には家に帰ってくるが、篠田哲夫との交流はほとんどなく、夕飯をお菓子で済ます篠田哲夫を気にし、たまに夜食として、ブロッコリーとおにぎりと卵焼きを用意する」

ここまでは大丈夫。許容範囲だ。

「毎日、〝イエナガキコの【キコ暮らし】〟というブログを見ている」

その報告に、顔が真っ赤になる。

「イエナガキコって誰《だれ》だ？」

山田くんが言った。

「さぁ？　芸能人？」

そう、神谷さん。

「いえ、一般人です。ＩＰアドレスによれば、四国、おそらく香川県に住んでいます」

「香川⁉」

ビアンカの答えに、ぼくはおもわず聞いてしまった。

さすがビアンカ。そんな情報、知らなかった。

「で、誰なんだよそいつ」

誰と言われても、答えに困る……。

「篠田哲夫は毎日〝イエナガキコの【キコ暮らし】〟のブログをチェックし、それから、何かを書き出します」

さらに顔が赤くなった。

「ん？　何を書いてるって？」

「これです」

ビアンカは淡々と言い、紙の束を机の上に置いた。

「〃文〃と書かれたフォルダの中にありました」

自分だけの秘密だったのに、こんなにあっさりとばれてしまうなんて……。

安曇さんは紙を取り上げ、文章を読み上げた。

『【LANケーブルの中の小人】

同じ小人でも、自動販売機の中に住んでいるエリート小人や、毎日夜になると本の中に住処を求める小人など、様々だ。

毎日、朝になると新聞配達員の自転車の前輪の内側に絡み付いて遊んでいる小人がいたりする。

小人はそれぞれ楽しいことを持っている。

だけど、ヤマシタという小人はLANケーブルの中に住んでいる。コネクタ部分が住処になっていて、たまにファンタグレープを持ってきてくれる友達がいるけれど、せいぜい一日に5分ぐらい、そいつと会うだけで、後は毎日LANケーブルの中を行ったり来たりする。そして、「あ」や「い」という言葉や「ド」とか「レ」とかいう音符やまるまった写真や分割された動画なんかを持って、行ったり来たりする。

家のコネクタの先には門がついていて、18禁のちょっとエッチな動画とかは、そこで槍を持っている門番のコジマに止められたりする。

だけど本当にご主人様が必要な時は、ヤマシタは門番のコジマにお願いする。

『ねぇ、どうにかお願いします。ほら、あんなに見たがってる』

そう言って。

ちなみにLANケーブルの小人にとってのご主人様というのは、パソコンの前に座っている人のことだけど。ああいう人のほとんどは、LANケーブルの中にヤマシタのような小さな小人が住んでいることを知らない。

ヤマシタは静かに暮らすことが大好きだった。

だけど、何かさみしさのようなものを感じていた。

何かしたい。何かしたい。

誰かと繫《つな》がりたい。

小人のヤマシタには、そんな風なたくさんの欲望があった』

恥ずかしさで顔が火照ってきた。

なんでこんな仕打ちを受けなくちゃいけないんだろう。

ネットに逃げ込みたくなった。

だけど、安曇さんはまっすぐにぼくを見つめてくる。

その視線は強烈だった。逆らえない強さのようなものがあった。

見つめられてると、だんだん思ってることを言いたい気持ちになってくる。

他の三人も、きっとこうだったんだ。その感覚が、自分にも襲いかかってきてる。

でも昨日の夜、ビアンカの目を見た時から、心の準備をしていたような気もする。

この告白の準備を。


「イエナガキコを助けてあげたい」


ぼくの口から出てきたのは、そんな言葉だった。

自分でも本当かどうかよくわからないけど、言葉が自然と出てきたのだ。

ぼくは、イエナガキコのことを話した。

「毎日、イエナガキコのブログがまだあるかどうか、確認を続けてるんだ。メールのやりとりをはじめたころ、イエナガキコは、ぼくの物語を楽しんでくれた。おもしろい、毎日の生活から救われると言ってくれた。だから……ぼくはなんとなく今でも、〝文〟フォルダの中にあるファイルを増やし続けるんだ」

「へぇ。どんなこと書くの?」

神谷さんが聞いてきた。

「毎日、ネットで拾い上げた言葉を組み合わせて物語にするんだ。そういうワードファイルが、ハードディスクの中に何百も入ってる。この【LANケーブルの中の小人】っていう物語も、きっと全部で100ページぐらいにはなるんじゃないかな……。脈絡がちゃんとある話ってわけじゃないし、文章もメチャクチャだけど……」

「すごいじゃん」

晃くんが言った。

褒めてくれてるんだと思うけど、恥ずかしくて晃くんの顔が見られない。

実際、すごいことなんか一つもない。

こんなことをしてたって、なんにもならないことはわかってるんだ。

「でも、それをイエナガキコちゃんに見せようとはしないんだよな」

「それは、今は無理だよ。嫌われちゃったかもしれないし、もうアドレスもわからないし」

「でも今も書いてるんだろ？　不思議なやつだな」

「イエナガキコのために何かしたいのに、できないってことか？」

山田くんも聞いてくる。

そう。ただぼくは、イエナガキコの心の平和と無事を祈ってるだけだ。

「そうだよ。彼女のために何をしたらいいか、全然わからない。URLが消滅しないように祈るしかできない……」

「そりゃだめだ。祈ったって人に通じることなんかない」

安曇さんがあっさり言う。

「じゃあ、どうしろって言うの……」

「その物語、イエナガキコちゃんのために書いてるんだろ?」

黙っていた。そりゃそうなんだけど……。

神谷さんが言った。

「どうするの?」

「うーん、これはなかなか難しいねぇ。でもまぁ、あの人だろうね」

楽しそうな顔で「今度はどこ?」と神谷さんが聞くと、安曇さんは、「香港《ホンコン》」と答えた。

おなじみのフェラーリのエンジン音が聞こえてくる。

窓の外を見ると、ビアンカと目があった。

ぼくはため息をつきながら、車に向かった。


成田から5時間、着いた先は香港だった。

香港国際空港は、ちょっと大きめのショッピングモールみたいだ。

合唱隊がいて、聞いたことのない歌を歌ってる。

安曇さんによると、香港というのは本当は、中華人民共和国香港特別行政区といって、中国じゃない独立した都市で、海の向こう側にはギャンブルの街で有名なマカオがあるらしい。

「あったかくて気持ちいい」

神谷さんが両手を広げてる。

確かに、穏やかな気候で気持ちがよかった。

通りに出ると、ＴＲＡＭ《トラム》と呼ばれる二階建ての路面電車が走っていて、ちょっとノスタルジックな雰囲気だ。

ぼくらはタクシーで、ネイザンロードという大通りに向かった。

きらめく街を見ながら、

「日本のネオン街とは違うな」

と、山田くんが言った。

日本とは違う漢字がたくさん点滅してる。

植物や食品を売る屋台が並び、魚を売る屋台では、巨大なシャコがビクビクと踊っている。ビアンカがそれをジィッと見てると、魚屋のおじさんが変な顔をした。

やっぱりビアンカはどこに行っても浮く……。

Nathan Road
000-000 彌敦道 000-000
商務書館
瑞典
KINPOW KA
HOTEL REST
BUSINESS
COMP

歩いてるとセブンイレブンがあった。香港で見ると、その看板は日本のよりも輝いて見えた。

街全体が、エネルギーに溢《あふ》れてるみたいだ。

「右が女人街《ノンヤンガイ》、左が男人街《ナンヤンガイ》。九龍《クーロン》の二大マーケットだ」

と、安曇さんが教えてくれた。


安曇さんに連れられて、ぼくらはレストランに入った。

首に真っ赤なリボンをつけた丸焼きの北京《ペキン》ダック。干しアワビのステーキ。極上フカヒレとカニ味噌《みそ》のスープ。クルマエビの醤油《しょうゆ》焼き。アイナメの姿煮。蜂《はち》の巣《す》の蒸《む》し物。テーブルいっぱいに料理が並んでいる。

見た目がだめで、食べたことがなかったピータンを初めて食べたけど、こんなにおいしいものだとは思わなかった。

食べ過ぎて、コレステロールを摂取し過ぎだと神谷さんに怒られた。

「さて、腹ごしらえも済んだから、ちょっと土産買いに行くか」

「土産？　今から？」

晃くんが言うと、

「もう夜中だぜ？」

と、山田くんもぼやいた。

「いいんだ。この時間しか開いてない店があるんだ。行くぞ」

色とりどりのバッグやアクセサリーが並んだ通りを歩いてると、安曇さんが立ち止った。

「ここだよ」

そこは、薄汚いアパートだった。

目の前には暗い階段。

入り口横の郵便受けには、チラシが目いっぱい詰め込まれてる。

「こ、ここ?」

神谷さんが言った。

「そうだよ」

「なんか、ものすごい汚いんだけど……」

「確かに汚いけど、ここにすごい人がいるんだ」

安曇さんはそう言って笑った。

階段を上っていく安曇さんとビアンカの後を、ぼくらはおそるおそるついていった。

廊下の一番奥まで行くと、安曇さんは〝Dragon-Baron〟と書かれた小さな看板の店のドアをノックした。

部屋の中を見て、ぼくは絶句した。

部屋の壁すべてに棚があって、色鮮やかな瓶がびっしり並んでいた。

「な、なんだこれ……」

晃くんと山田くんが同時に言う。

ぼくは棚に顔を近づけて、瓶をよーく見てみた。

そしてやっと、その瓶に入っているのが植物だ、ということに気がついた。

すべての瓶に、植物が収まってる。

「ここ、なんですか？」

ぼくは安曇さんにそう聞いた。

「見ての通りさ。瓶詰めの植物を売っているお土産屋さんだよ」

安曇さんがそう言った時、奥の棚の裏からおじいさんが出てきた。

すごく暖かい日なのに、ダウンジャケットを着てる。

「こんにちは」

安曇さんは英語で言い、丁寧にお辞儀をした。

おじいさんがにこにこしながらお辞儀を返していると、今度はおばあさんが出てきた。

品のよさそうなおばあさんだ。

あれ？　なんだかこの二人、同じような顔をしてる……。

「お元気、でしたか？」

安曇さんが尋ねると、おばあさんが「はい。元気ですよ」と言った。

「あいかわらず、すごい品揃《ぞろ》えですね」

「まぁ、今でも毎日作ってますからね」

ビアンカがいつのまにかぼくの隣にきて、通訳しはじめた。

「みんな紹介するよ。この方はアンドリュー・ウォンさん。世界的に有名な、天才瓶詰め植物師なんだ」

テンサイビンヅメショクブツシ？

そんな言葉、ネットでも見たことないぞ。


二人はぼくらを店の真ん中にある椅子に座らせ、お茶を出してくれた。

みんな、違う色のお茶だ。

神谷さんには黄色、山田くんには薄い緑色、晃くんは茶色、そしてぼくは真っ黒。

「香港ではね、その日の体調に合わせて、飲むお茶を変えるのよ」

飲んでみると、見た目に反してとても甘くておいしい。

緊張してた体から力が抜けていった。

緊張がほぐれると、改めて瓶の美しさに心が動かされた。

目の前にある瓶を一つ取り、それをグルグル回しながら見た。

「フィリップノアレ」

と、ウォンさんがぼくに言った。

瓶には、吸い込まれそうに透き通った黄色い花が入ってる。

「どうやって作るんですか?」

ぼくがビアンカを通して聞くと、ウォンさんは答えた。

「これは、液浸標本といってね、特殊な液体を混ぜ合わせて作るんだ」

「どうしてウォンさんが液浸標本を作るようになったか、聞かせてもらうといいよ」

安曇さんがぼくの肩を叩《たた》いて言った。

「私の母は、この女人街《ノンヤンガイ》で花屋をやっていたんだ」

植物を愛し、優しく接する母親を見て育ったウォンさんは、自然と花や植物が好きな子どもに育っていったという。

「君、好きな子はいるかい？」

ウォンさんが突然、ぼくを見て聞いてきた。

「え、えーと……」

「いるんですよ、これが」

安曇さんが笑いながら言う。顔が赤くなった。

「ははは。そうか。私も、小学生の時にすごく好きな子がいたんだよ。ペイリンていう名前でね。とても背が高くて、きれいな髪をしている女の子だった。まぁ、みんなが好きになる子だ。ほら、君みたいに」

ウォンさんは神谷さんにウィンクした。

神谷さんは「やだぁ」と言いながらも嬉《うれ》しそうだ。

「小学生だからね、どうやって気持ちを伝えようか一生懸命考えて、結局、学校にある花壇で自分の気持ちを伝えようとしたんだ」

「花壇？」

「私の通った小学校ではね、5年生になると一人一人が花壇を持つ決まりがあったんだ。自分の花壇にネームプレートを付けて、四季折々の花を育てるんだよ。ビオラ、チューリップ、サルビア、マリーゴールド、フウセンカズラ。みんな私の好きな花ばかりだった」

ウォンさんが告白しようとしたのは、〝春の花壇〟が咲き乱れるころだった。

ある朝、学校に行くと、ペイリンの花壇のビオラが枯れているのを見つけた。

ウォンさんは、家にある栄養剤で元気にしてあげようと思いついたという。

「その日の夜、私は小学校に侵入したんだ。それで、ペイリンの花壇に、家から持ってきた植物栄養剤を10本も差して帰ったんだ。その日見た夢は今でも覚えているよ。『ジャックと豆の木』の木のように大きく育ったペイリンのビオラに、私とペイリンが一緒に上って笑ってる夢だった」

おばあさんが声を上げて笑った。

笑顔がとてもかわいらしい。

「でもね、翌日学校に行ったら、ペイリンのビオラは完全に枯れていたんだ。私のせいだった。栄養剤を10本も差したから、植物が死んでしまったんだ。しかも運の悪いことにね、前日の夜、小学校から走り去る私の姿を見てたクラスメートがいたんだ」

「ええ！　最悪……」

神谷さんが言った。

確かに。でも10本も差すのは……。

「ペイリンは泣きながら、枯れた花を見て『なんでこんなことするの？』と私に言ったんだよ」

それからウォンさんとペイリンはまったく話をしないまま卒業し、中学生になった。

でも、ウォンさんの気持ちは変わってなかったという。

ペイリンのことをずっと想い、陰からそっと見つめていた。

その話を聞きながら、ぼくはイエナガキコのことを思い出していた。

ずっと忘れられない気持ち、すごくよくわかる。

甘いお茶を飲みながら、ぼくはウォンさんの優しい笑顔を見続けていた。

「あれは中学2年生の時だったかな。ペイリンが突然倒れたっていう話が、学校中に流れたんだ。私は急いで先生に聞きに行って、ペイリンが運ばれた病院に走った。病室の入り口から、頭に包帯を巻いて、ベッドに横になっているペイリンを見たんだ」

その時、医者らしき人がペイリンのお母さんにこう言った。

「脳梗塞《のうこうそく》ですが命に別状はありません。しかし、後天性色覚異常となる可能性があります。そうなると、黄色と白などの微妙な色の違いはわからなくなると思います」

それを聞いて、ウォンさんの人生は一変した。


ウォンさんはその時から、ペイリンのために何ができるか、必死で考えるようになったという。

色覚障害を患ったペイリンのために、彼は毎日、病院の前で祈った。

「『ペイリンの目を治してください』何万回も口に出して祈ったよ。でも全然だめだった。1か月くらいすると、病院の人にも白い目で見られて……。ものすごい無力感に襲われたよ」

わかる。ものすごくわかる。

その無力感。

確かに、祈ったって状況は何も変わらない。

祈りが人に通じるなんて、あり得ない。

そんなことわかってる。でも、それしかできないんだ。

「それから、また必死に考えたよ。今度は医学的な意味でね。どんなに頑張ったって医者になるには10年以上かかる。子どもの自分がペイリンを助けられる可能性は0％だ。でもその時は、どうしたらペイリンを幸せにできるのか、そればっかり考えてたよ」

それからしばらくして、ウォンさんは香港動植物園を訪れるようになった。

植物好きのウォンさんにとって、植物園が唯一の慰めの場所だったのだ。

「毎日通うようになったら、そこで、運命的な出会いがあったんだ」

「出会い？」

ぼくは聞いた。

「うん、植物園の管理人のおじさんさ」

「管理人?」

「そう。毎日通ううちに、いろんな話をするようになった。それで、なんで毎日、植物園に来るんだって聞かれた時、私はペイリンのこと、自分が悩んでいることを話したんだ。そしたらね、彼はこう言ったんだ。『誰《だれ》かのためにって、どういうことだと思う? その人のために人生をかけることとか? その人のために犠牲になることか? それは違う。そんなこと、された方だって迷惑だ。誰かのために何かをしたいと思ったら、まず自分が幸せになることだ。自分の好きなことを見つけて、それを一生懸命やって、自分で自分のことを誇りに思えるようになったら、それが結果として、その人の幸せにつながるんだから』」

ウォンさんは、お茶をおいしそうに飲んだ。

「その後、彼は自分の家に招いてくれた。そして、そこで見た光景が私の人生を決めた」

「何があったんだ?」

山田くんがめずらしく身を乗り出している。

「広い部屋の中いっぱいに、大小さまざまな瓶が並んでいた。その一つ一つに植物が入っていたんだよ」

「それって……これのこと?」

ぼくは部屋中に飾られている瓶を見回した。

「いや、違うんだ。それには、色がなかったんだよ」

ウォンさんはそう言って、棚の裏から、一つの瓶を持ってきた。

その植物には、まったく色がなかった。

「これが本来の姿なんだ」

「ホルマリン漬けみたいですね」

晃くんが言った。

「そう、基本的には同じだよ。これを見た時、本当にすごいと思ったよ。美しい植物の形状を半永久的に保てるなんて。だけど……」

「これじゃダメだったのね?」

そう神谷さんが言葉を継いだ。

「そうだよ。色がなきゃ意味がなかったんだ。それから、色のある瓶詰植物を作るという私の一生の仕事がはじまったんだよ」

ウォンさんは、色のついた瓶詰植物を作るために、化学と数学と生態学の猛勉強をはじめた。

そして、FAAというホルマリンと、酢酸《さくさん》エチルアルコールを一定の割合で混ぜた固定液と、ウォンさんが見つけたある液体を混ぜることで、植物の色を完全に保った液浸標本を作ることに成功したのだという。

「何度も試行錯誤を繰り返して、やっとたどり着いたんだ」

植物が最高に輝いているその一瞬を切り取って、完全な形で保存する技術を、ウォンさんは身につけたのだ。

それからウォンさんは、色つき瓶詰植物の製作に没頭した。

この鮮やかさだったら、色覚障害を患ったペイリンにも、美しさが伝わると信じたという。

さらにウォンさんのセンスが液浸標本を芸術作品にさせていった。

花びらの色を際立たせるために液体を少し赤くしたり、かすみ草の雰囲気を楽しむために液体を少し青くしたりした。

そうしたひと工夫が、花をより魅力的に見せたのだという。

標本製作者が、芸術家になったのだ。

ウォンさんは自分のブランドを〝Dragon《ドラゴン》-Baron《バロン》〟と名付けた。

そしてサイトを作り、制作工程から実験的発想までの動画と文章をアップした。

ある時、サイトに〝マユハケオモト〟という植物の瓶詰植物を紹介した。

自分の身長ほどもあるガラス瓶の中に、赤と白の大きく育ったマユハケオモトをいくつも入れたものだった。

その美しさと迫力が話題になり、メディアでも取り上げられた。

それから〝Dragon-Baron《ドラゴンバロン》〟はあっという間に世界中に広まり、ウォンさん自身も瓶詰植物の製作者として有名になっていった。

「私はとにかく、自分が誇りに思えるものを作ろうと思った。自分にできることが見つかったんだ。自分の好きなことを続けて、その結果がある時、大切な人の人生と交差する。もしかしたらその時、何かを受け止めてもらえるかもしれない。そうやって、頑張ってきたんだよ」

「ねぇ、それで、ペイリンはどうなったの？」

神谷さんが言った。

「ペイリンかい？」

ウォンさんの表情がさらに優しくなった気がした。

「私と彼女は、中学を卒業してから十数年後の同窓会で再会したんだ。彼女には色覚障害が残っていたけど、私の作品を見て感動してくれた」

そう言ってチラッと横を向いた。

「ふふふ」

おばあさんが笑った。

「もしかして……」

「そうよ。私がペイリン」

そう言って、彼女は微笑んだ。


ウォンさんたちに別れを告げた後、ぼくらは女人街《ノンヤンガイ》でお土産を買った。

みんなが楽しそうに買い物をしてる間、ぼくはぼんやりとしていた。

今日、ウォンさんと自分の人生が交差した。

ぼくは何を受け止めたんだろう。

手には、一本の瓶詰植物があった。別れ際、ウォンさんからもらったものだ。

黄色と緑と紫と赤が虹のように混じる花。こんなにきれいな花、見たことなかった。

「アユタヤのワット・ヤイ・チャイ・モンコンの近くに咲く、とてもめずらしい植物だ」

ウォンさんはそう言った。

安曇さんが話しかけてくる。

「よぉ。どうだった？」

「どうだったって……」

ぼくが何も言わずにいると、安曇さんは言った。

「人にはそれぞれ、力を出し切れる場所というのがある。そしてもう一つ、人には得意、不得意、好き、嫌いもある。だから、自分が本当に力を出し切れる場所を探すことがとても大切なんだよ。君はもう持ってるだろ、一生懸命に集中できることを。自分にできることが、すでにあるじゃないか」


日本に帰ってきて、ぼくはいつものようにパソコンを開く。

〝Dragon-Baron《ドラゴンバロン》〟と検索してみた。

ウォンさんの顔写真と、瓶詰植物の画像が出てきた。

その写真を見ながら、あの部屋に並べられた瓶詰植物の鮮やかさはこんなものじゃないと思った。

パソコンの横に、ウォンさんからもらった瓶詰植物を置いて、ぼくはイエナガキコのブログを見た。

更新はされていない。

コメント欄に「元気ですか?」と一度打ち込んだ。そしてちょっと考えてから、デリートボタンを押した。


それからぼくは〝文〟フォルダを開いた。

何かが変わったような気がしていた。

【LANケーブルの中の小人】のファイルを開き、キーボードを打ち付けた。

『LANケーブルの中で働く小人のヤマシタはコネクタの門番のコジマのことを思った。情報を持っていった時、コジマが焼いた砂肝を作ってプレゼントしてくれた。砂肝はとても熱くて、ヤマシタは情報を落としてしまった。落とした時、ヤマシタはハッとして、こんなことをしている場合ではないのかもしれないと思った。

なぜか、神様がそんなことをしている場合ではないだろうと言っているような気がしたのだ。

コジマはヤマシタに『おれと一緒に旅に出よう』と言ってくれた。

ヤマシタはその言葉を待っていたような気がする。

ヤマシタはコジマに向かって力強く頷《うなず》いてから、渡そうとしていた情報を捨てた。

ヤマシタの主人のインターネットは突然遮断されて、ご機嫌が悪くなったけど、ヤマシタにとっては、そんなこともうどうでもよかった』

一気に書き上げて、コントロールとSキーを押して保存した。

外が明るくなっていた。

窓を開けてみて、そういえば、こうやって外を見るなんて何年ぶりだろうと思った。

遠くに、晃くんの住んでる高層マンションが見えた。

窓を開けたまま、ぼくはできあがった物語をコピーし、イエナガキコのブログのコメント欄にペーストしてから、エンターキーを押した。

MISSION X

ミッションX

世界はすべて君のもの！

おれは半年ぶりの部屋の掃除に奮闘《ふんとう》していた。

一人暮らしの中で、一番嫌いなのがこの掃除だ。

キレイ好きの母親の元で、自分がいかに甘やかされていたかがわかる。


メールの着信音が鳴った。

おれは音をたよりに、ベッドの下に潜り込んでいた携帯を引っ張り出す。

メールが一件。

神谷英玲奈とあった。

「え？」

ドキッとした。高校を卒業して以来だ。

『同窓会、行く？』

メールを開くと、そう書いてあった。

「同窓会？」

そんなもんやるんだ。

メールを読みながら、英玲奈の顔を思い浮かべようとしたら、ついでに船戸川のはげ頭まで頭に浮かんできてしまった。

久しぶりの社宅。

ここを出てから4年。

正月だけは帰ろうと思ってたけど、毎年、友達と出かけたり、旅行したり、バイトしたりで、結局一度も帰らなかった。

何も変わってない。まあ、4年じゃそう変わらないか。

「あ」

一本の電柱が目に入って、足を止めた。

確か、あそこの電柱に、ビアンカがいたんだっけ。


スタート時間に少し遅れて、同窓会会場の居酒屋に着いた。

クラスメートは、ほとんど来てるみたいだ。

みんな船戸川のことを嫌ってると思ってたのに、「どうぞ、どうぞ」とか言って、かわるがわるビールを注いでる。

大人になったってことか。

おれは、船戸川に話しかけず、その先にいる英玲奈をじっと見つめていた。

あいかわらず、きれいな横顔だ。

茶色かった髪は黒くなって、おとなしい雰囲気に変わってる。

ユッコと愛子の姿も見えるけど、どうやらもう交流はないようだ。

改めて見回してみると、なんだか、あんなになんの変哲もないと思ってたクラスメートたちが、それぞれ個性を持ってるような気がした。

なんでこんな風に思うようになったんだろう。

みんなが変わったのか。

それとも、自分が変わったのか。


同窓会が終わりかけた時、英玲奈が近づいてきた。

「久しぶり」

明るくて、かわいい笑顔だった。

「うん。元気だった？」

おれは言った。

「うん、それなりにね。片山くんは？」

「バイトしたり、就職活動したり……。いろいろ」

大学の放送学科で勉強したことを活かす仕事に就くのは、結構難しいのだ。

「英玲奈は？」

おれが聞き返すと、英玲奈はちょっとはにかみながら答えた。

「ピアノの調律の専門学校で勉強してたんだけど、半年前から働きはじめたんだ」

「すごいじゃん！」

すでに、ピアニストや声楽家と何人かで一緒に行動してるという。

本当にすごいと思った。

「ねえ、それよりさ。ちょっとつき合ってよ」

心臓《しんぞう》が高鳴った。

「どこへ？」

「えへへ」

いたずらっぽい笑顔を見せてから、英玲奈は店の外に向かった。

数十分後、おれたちは、高校の門の前にいた。

おれの淡い期待は裏切られたわけだ。

「久しぶりでしょ?」

「うん、4年ぶりだからなぁ」

おれは閉まっている校門に手をかけ、勢いをつけて登る。

英玲奈もおれの手につかまって、なんとか門を登りきる。

おれたちは4年ぶりに、あの別館までの道のりを歩いていった。


第5理科実験室。

教室の前にたどり着くと、後ろから肩を叩《たた》かれた。

「うわっ!」

おれが驚きながら振り向くと、そこにはなんと、あいつがいた。

「哲夫!?」

「へへ、久しぶり」

4年ぶりに会った哲夫。なんだか、しっかりした感じがする。

一浪した後、国立大学の文学部に入ったと聞いていた。

「でもなんで、哲夫がここに?」

「呼ばれたんだ」

そう言って英玲奈を指差す。

「えへへ」

英玲奈がまたいたずらっぽく笑った。

「そうか。元気そうだな」

「うん。バイトもしてるし、あいかわらず書いてるよ」

哲夫はそう言った。


その時、廊下の奥の方から物音がした。

うっすらと人影が見える。

もしかして……。

「山田……？」

「よう。久しぶりだな」

がっしりした体格は変わらないけど、髪が少し長くなって、あの当時の固さがなくなったみたいだ。

「元気だった？」

「あぁ、まぁな」

山田はスポーツジムのアルバイトをこなしながら、電子工学の専門学校に通い出したという。

「もともと、好きだったからな」

そう言って、恥ずかしそうに笑った。


「さて……」

おれたちの前には、あのドアがあった。

あの最初の日と同じように、おれがドアを開け、山田が電気をつけた。

でも、そこには、あの時とは全然違う教室があった。

アンティークなシャンデリアは普通の蛍光灯《けいこうとう》に替わってるし、高級なランプスタンドは、どこの理科室にもあるアルコールランプになっていた。

座り心地のよかった赤いソファはただの木製の椅子《いす》になり、猫足の着いたテーブルも、理科室特有の流しのついた机に変わっていた。

ビアンカがよく立っていた壁際には、無表情の人体模型が立っている。

「あーあ……」

「……やっぱもう、いなくなっちゃったのかぁ」

「でも、ここに住んでるって言ってなかったっけ?」

哲夫が言うと、

「そんなこと言ってたか?」

そう山田が答えた。

「もう4年も前だもんなぁ」

おれがそう言うと、全員が頷《うなず》いた。


奇妙な寂しさを感じながら、ビーカーや顕微鏡を触ったりしてると、

「しかたない。帰ろうぜ」

と、山田が言った。

みんな黙ってる。

なんとなく、帰りがたいのだ。

その時おれは、黒板に貼り付けられている紙を見つけた。

「なんだこれ」

おれは黒板に近づき、その紙を広げた。

「手紙だ」

「手紙？　誰《だれ》からよ？」

おれは声に出して読みはじめた。


『久しぶりだね』

「もしかして……」

おれたちは顔を見合わせた。

『今日、同窓会だろ？

君たちのことだから、ここに来ることはわかっていたよ。

でも残念なことに、俺《おれ》は今、プエルトリコにいるんだ。

こっちの学校に呼ばれてさ。

まぁ、転勤ってやつだね。

今は理科室じゃなくて、美術室に住んでいるよ。

最初はシンナーの匂《にお》いで頭がおかしくなりそうだったけど、もう慣れた。

どこでも、住めば都だよ。

ところで……』


「安曇だ」

山田が言う。


『なんで君たち四人を選んだか、教えてあげよう。

それはね、死んだ目をしてたから、だよ。

他のやつらはね、どうとでもなると思った。

しっかりしてるやつも、してないやつもいたけど、まぁ、それなりの目をしてたんだ。

だけど君たちは違った。

〝自分〟を持ってるにも関わらず、投げやりな、何かを諦《あきら》めてるような、そんな目をしていた。

あの時、君たちは、〝世界は自分のものじゃない〟と思っていただろう。

自分には関係ない。

自分の存在なんてどうでもいい。
そんなふうにね。

でもね、今の君たちに、その片鱗《へんりん》はない。
世界は自分たちのものだと、思っているはずだ。

そもそも、君たちの前に広がっている世界は、もとから君たちのものなんだ。

君の世界は、君だけのものだ。
君の人生は、君だけのもので、
君の腕は、君や、君の大切な人を守るためのもので、
君たちが、心から好きだと思える人を抱くためにあるんだ。

世界は、自由で、希望に満ちている。
世界はどこまでも広くて、豊かで、可能性に満ちている。
そんな世界がすべて、君たちのものなんだ。

じゃあ、これからの将来、頑張ってくれたまえ。

陰ながら、応援しているよ』

手紙はそう終わっていた。

あまりにサラッとしているが、安曇らしい。

スッと、心に入ってくるような気がした。

他の三人も同じ思いかもしれない。

手紙を半分に折ろうとした時、小さい文字が見えた。

『P.S.窓の外を見てごらん』

そう書いてあった。

「え?」

おれたちは、一斉に窓の方を振り向いた。

窓の外。

青い作業服、はげたヅラを被った見覚えのある美女が、双眼鏡を手にこっちを見つめていた。

あとがき　――「自分らしく」を見つけるために――

この本は、当初「君を守る『思考の盾』の作り方」というテーマでスタートしました。世の中には、学校では教えてくれない思惑や暗黙のルールがたくさんあり、理不尽な「なぜ？　どうして？」に悩んだり、時には傷ついたりすることがあります。だから、意に沿わない思惑を跳ね返して「自分らしく生きていく」ことができるよう、「自分だけの思考の盾」を作る方法を書こうと考えていたのです。

でも、書き進めていくうちに、少しずつ感覚が変わっていきました。

いくら知識や技術といった方法論を知っていても、必ずしも自分らしく生きられることには繋がらないいんじゃないか……、そんな風に思いはじめたのです。

実際、キラキラと自分らしく生きている人の中には、そんな知識や技術、そしてルールの存在さえも知らず、むしろ気にかけない人も多いのです。

「じゃあ、本当に自分らしく生きるために必要なことは、いったいなんだろう？」

原稿を書き進める途中で、こんな風に、ぼくの考えは変わっていきました。

そして、悩み、考え抜いて辿り着いた四つのテーマを物語にしました。

「晃のように、狭い場所から、広い世界に出ること」
「英玲奈のように、退屈ではなく、情熱を見つけること」
「山田のように、尊敬される、正しいお金の得方を知ること」
「哲夫のように、自分の特性を活かして、人のためになることをすること」

物語の中では、主人公である彼らが、「無理やり安曇に見つけてもらうまで、自分の抱える問題がわかっていない」という設定にしました。

なぜならきっと、読者であるみなさんも、自分では把握できないような、心の深い場所に、「モヤモヤしたもの」を持っているのではないかと思ったからです。

この四つの物語のいずれかが、みなさんの心のずっとずっと奥の方にある「モヤモヤ」の正体を見つける手助けになり、そして「自分らしく生きる」ことを考えるきっかけになれば、作者としてこんなに嬉しいことはありません。

最後に、忍耐強く執筆に付き合ってくださった編集者の當田さん、素敵な絵を描き、ブックデザインもしてくださったデザイナーの谷口さんに、最大の感謝を贈ります。

2013年夏　高橋大樹

高橋大樹（たかはしひろき）
1982年、群馬県生まれ。作家・株式会社デファクトコミュニケーションズ代表（http://defacto-com.net/）。日本大学文理学部哲学科卒業後、新聞記者などを経て現職に。著書に『経済ニュースは嘘をつく』（実業之日本社）など。

スクールミッション
世界はいつでも君のもの！

2013年10月25日　第1刷発行

著　者　高橋大樹
発行者　波田野　健
発行所　大日本図書株式会社
〒112-0012　東京都文京区大塚3-11-6
http://www.dainippon-tosho.co.jp
電話　03-5940-8678（編集）　03-5940-8679（販売）
振替 00190-2-219
048-421-7812（受注センター）
印　刷　星野精版印刷株式会社
製　本　河上製本株式会社
Book Design & Illustration　谷口純平想像力工房

ISBN978-4-477-02689-3 C0093　p192　18.8cm × 12.8cm

ERENA YAMADA TETSUO